Galfalek

T.2

Le Cercle

Scénario : Jean-Charles Gaudin

Dessins : Franck Biancarelli

Couleurs : Lencot & Quilici

Soleil

Pour Maryse…
Jean- Charles Gaudin

À Gil Kane (1926-2000)
À mes parents,
À ma famille.
Franck Biancarelli

Du même scénariste :

MARLYSA
dessins : Jean-Pierre Danard

T1 : Le Masque
T2 : L'Ombre de Dompour
T3 : L'Autre Côté
Soleil Productions

GAROUS
dessins : D'fali

T1 : La Caste des Ténèbres
T2 : Alissia
T3 : Le Cloître des Damnées
Soleil Productions

Du même dessinateur :

ARGYLL DE MARACANDE
scénario : Latil et Herlé

T1 : L'Héritier du Trône
T2 : La Traque
Soleil Productions

SOLEIL PRODUCTIONS Le Grand Hôtel, Place de la liberté - 83000 Toulon
Tél : **04 94 185 185** - Fax : **04 94 62 30 21**
Dépôt légal janvier 2001 - ISBN 2 - 84565 - 049 - 3

Conception graphique : Laurent Arnaud pour Soleil
Photogravure : Quadriscan - 04 Oraison
Impression : Lesaffre - Tournai - Belgique

YRISIS !
YRISIS ! RÉVEILLE-TOI ! ...
GALFALEK !?
COMMENT AS-TU FAIT AVEC TOUS LES GARDES POSTÉS AUTOUR DE LA MAISON ?..
HABILLE-TOI ! IL FAUT PARTIR AU PLUS VITE.
ÉCOUTE... ÉCOUTE-MOI, GALFALEK ! ...
JE... JE NE PEUX PAS TE SUIVRE...
CE N'EST PAS POSSIBLE.
QU'EST-CE QU'IL Y A ? ...
...QU'EST-CE QUE TU VEUX DIRE ?
1

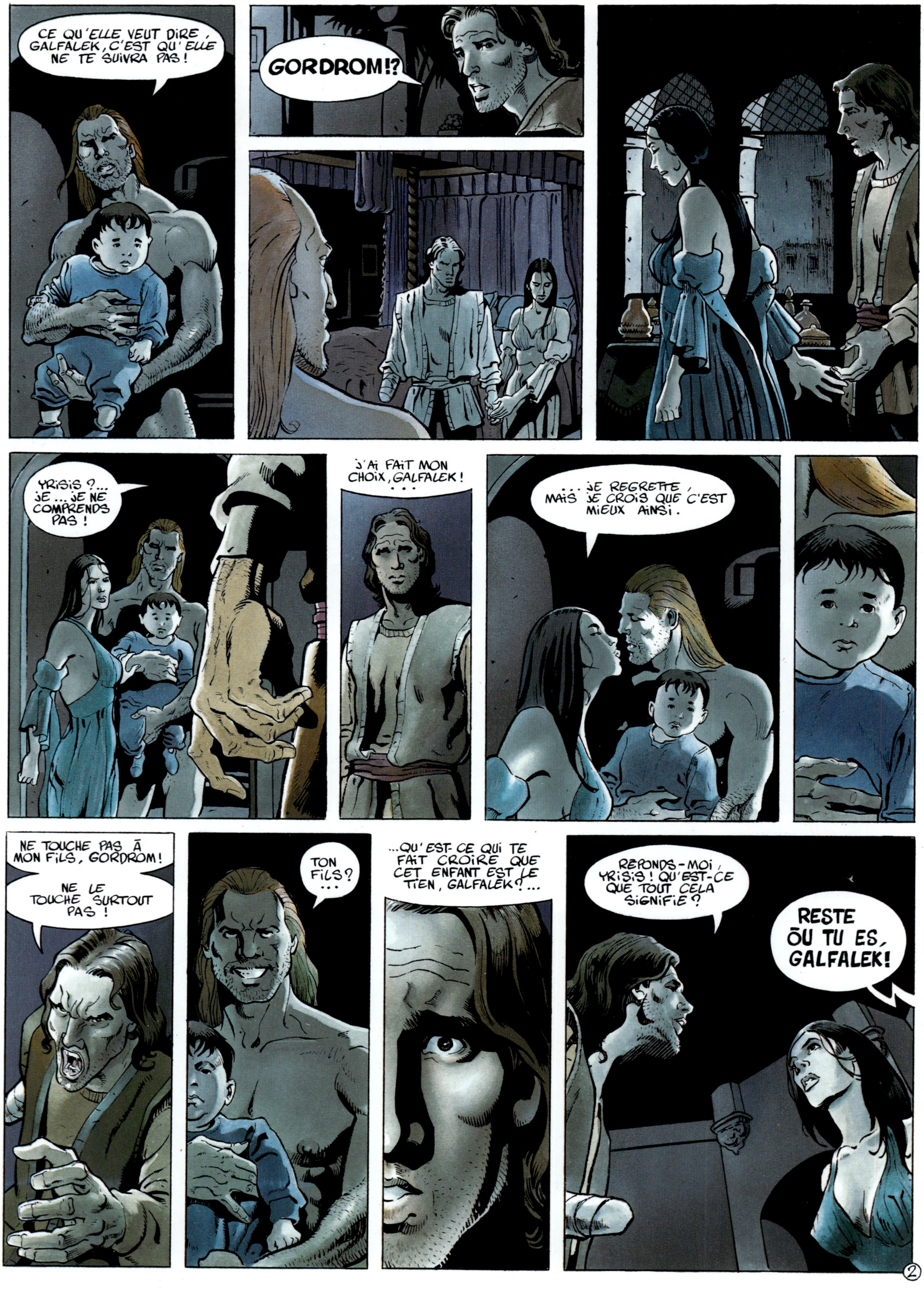
CE QU'ELLE VEUT DIRE, GALFALEK, C'EST QU'ELLE NE TE SUIVRA PAS !
GORDROM!?
YRISIS ?... JE ... JE NE COMPRENDS PAS !
J'AI FAIT MON CHOIX, GALFALEK ! ...
... JE REGRETTE, MAIS JE CROIS QUE C'EST MIEUX AINSI.
NE TOUCHE PAS À MON FILS, GORDROM!
NE LE TOUCHE SURTOUT PAS !
TON FILS? ...
...QU'EST-CE QUI TE FAIT CROIRE QUE CET ENFANT EST LE TIEN, GALFALEK ?...
RÉPONDS-MOI, YRISIS ! QU'EST-CE QUE TOUT CELA SIGNIFIE ?
RESTE OÙ TU ES, GALFALEK!
2

® LIRE TOME 1 : "LE GANT DE L'OUBLI"

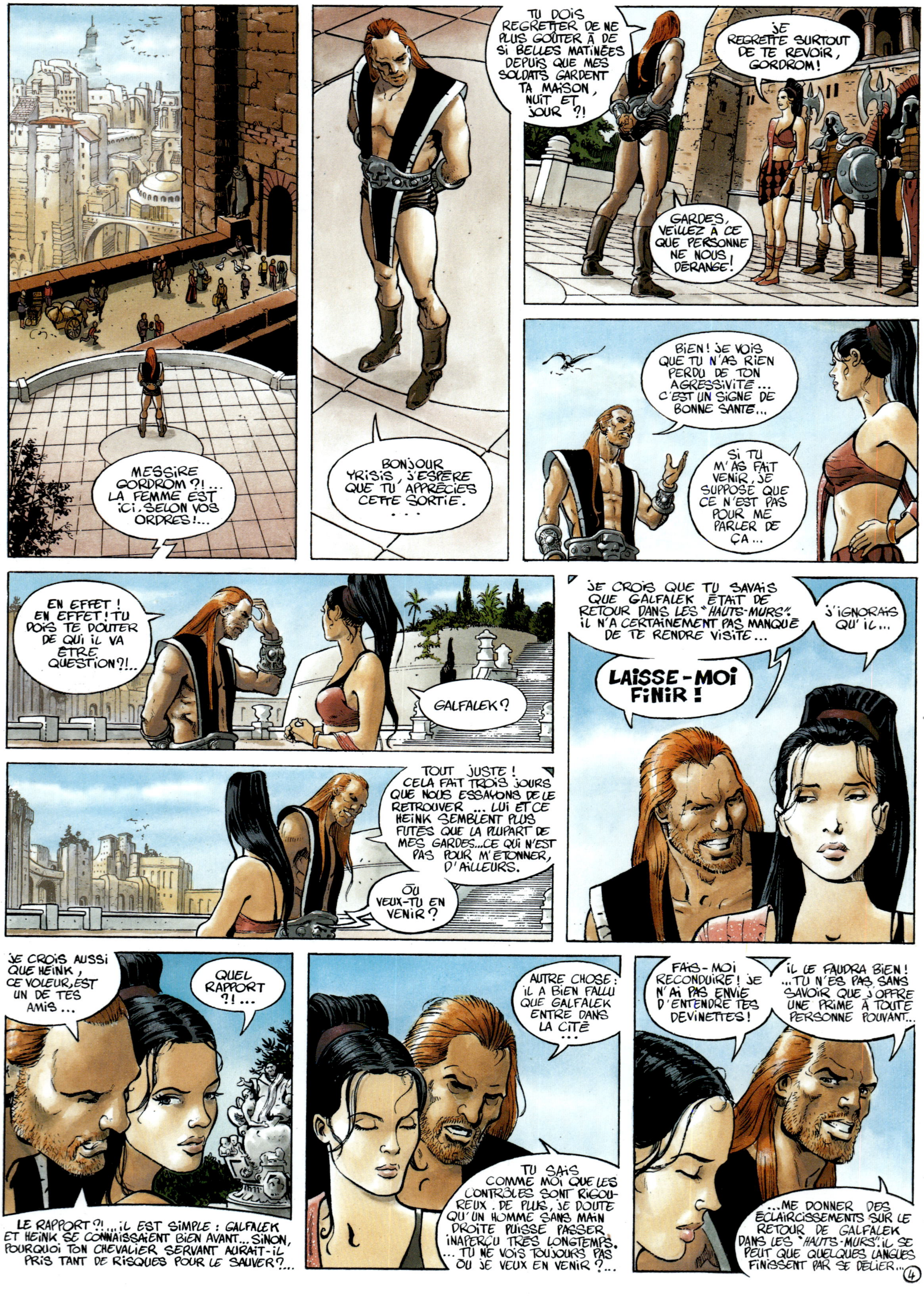

MESSIRE GORDROM ?!... LA FEMME EST ICI, SELON VOS ORDRES !...
BONJOUR YRISIS, J'ESPÈRE QUE TU APPRÉCIES CETTE SORTIE. . . .
TU DOIS REGRETTER DE NE PLUS GOÛTER À DE SI BELLES MATINÉES DEPUIS QUE MES SOLDATS GARDENT TA MAISON, NUIT ET JOUR ?!
JE REGRETTE SURTOUT DE TE REVOIR, GORDROM !
GARDES, VEILLEZ À CE QUE PERSONNE NE NOUS DÉRANGE !
BIEN ! JE VOIS QUE TU N'AS RIEN PERDU DE TON AGRESSIVITÉ... C'EST UN SIGNE DE BONNE SANTÉ...
SI TU M'AS FAIT VENIR, JE SUPPOSE QUE CE N'EST PAS POUR ME PARLER DE ÇA...
EN EFFET ! EN EFFET ! TU DOIS TE DOUTER DE QUI IL VA ÊTRE QUESTION ?!...
GALFALEK ?
TOUT JUSTE ! CELA FAIT TROIS JOURS QUE NOUS ESSAYONS DE LE RETROUVER ... LUI ET CE HEINK SEMBLENT PLUS FUTÉS QUE LA PLUPART DE MES GARDES... CE QUI N'EST PAS POUR M'ÉTONNER, D'AILLEURS.
OÙ VEUX-TU EN VENIR ?
JE CROIS QUE TU SAVAIS QUE GALFALEK ÉTAIT DE RETOUR DANS LES "HAUTS-MURS". IL N'A CERTAINEMENT PAS MANQUÉ DE TE RENDRE VISITE...
J'IGNORAIS QU'IL...
LAISSE-MOI FINIR !
JE CROIS AUSSI QUE HEINK, CE VOLEUR, EST UN DE TES AMIS...
QUEL RAPPORT ?!...
LE RAPPORT ?!... IL EST SIMPLE : GALFALEK ET HEINK SE CONNAISSAIENT BIEN AVANT... SINON, POURQUOI TON CHEVALIER SERVANT AURAIT-IL PRIS TANT DE RISQUES POUR LE SAUVER ?...
AUTRE CHOSE : IL A BIEN FALLU QUE GALFALEK ENTRE DANS LA CITÉ ...
TU SAIS COMME MOI QUE LES CONTRÔLES SONT RIGOUREUX. DE PLUS, JE DOUTE QU'UN HOMME SANS MAIN DROITE PUISSE PASSER INAPERÇU TRÈS LONGTEMPS. ... TU NE VOIS TOUJOURS PAS OÙ JE VEUX EN VENIR ?...
FAIS-MOI RECONDUIRE ! JE N'AI PAS ENVIE D'ENTENDRE TES DEVINETTES !
IL LE FAUDRA BIEN ! ...TU N'ES PAS SANS SAVOIR QUE J'OFFRE UNE PRIME À TOUTE PERSONNE POUVANT...
...ME DONNER DES ÉCLAIRCISSEMENTS SUR LE RETOUR DE GALFALEK DANS LES "HAUTS-MURS". IL SE PEUT QUE QUELQUES LANGUES FINISSENT PAR SE DÉLIER...
4

MERCI D'AVOIR PENSÉ À MOI POUR CETTE PRIME !
TU ES DÉCIDÉMENT INCORRIGIBLE, YRISIS !... C'EST BIEN... C'EST BIEN ! J'AIME LES FEMMES COMME TOI... MÊME SI ELLES NE RENDENT PAS LES CHOSES PLUS FACILES...
SAIS-TU DE QUOI ÉTAIT ACCUSÉ, HEINK ?
D'APPARTENIR AU "CERCLE" ET D'AVOIR COMMIS UN VOL !... C'EST CE QUE TU AS ANNONCÉ À LA FOULE.
C'EST EXACT, MAIS JE N'AI PAS PARLÉ DE CE QU'IL AVAIT VOLÉ... IL S'AGISSAIT DU GANT, ... **LE FAMEUX GANT**... QUI ÉTAIT DANS LES APPARTEMENTS DU ROI...
NE ME DIS PAS QUE TU N'ÉTAIS PAS AU COURANT DE SON EXISTENCE...
EN TANT QUE COUSINE DE L'ANCIEN SOUVERAIN, TU AS FORCÉMENT ENTENDU PARLER DE CE GANT LÉGENDAIRE DONT LA PROPRIÉTÉ...
... EST DE DONNER UNE NOUVELLE IDENTITÉ À CELUI QUI LE PORTE.
TU SAIS CE QUE JE CROIS ?... JE PENSE QUE HEINK AVAIT CONFIÉ LE GANT À GALFALEK AVANT QUE MES GARDES NE L'ARRÊTENT...
... ET QUE CELUI-CI S'EN EST SERVI POUR ENTRER DANS LES "HAUTS-MURS". ... THÉORIE INTÉRESSANTE, NON ?
ET SI JE SUIS MON RAISONNEMENT JUSQU'AU BOUT, JE PEUX MÊME EN CONCLURE QU'IL T'A LAISSÉ LE GANT AVANT DE LIBÉRER HEINK...
TU NE DIS RIEN, YRISIS ? ...
C'EST FAUX, JE N'AI JAMAIS VU CE GANT !
NOUS VERRONS BIEN !
EN CE MOMENT MÊME, MES HOMMES FOUILLENT TA MAISON DE FOND EN COMBLE...
NOUS SAURONS SI TU AS DIT LA VÉRITÉ !
PROFITE ENCORE QUELQUES INSTANTS DES AGRÉMENTS DE CE JARDIN, YRISIS !
... LES GARDES TE RAMÈNERONT CHEZ TOI UN PEU PLUS TARD.
5

OH... MAÎTRESSE! ...
ILS ONT TOUT... TOUT EST...
CE N'EST PAS DE TA FAUTE! TU NE POUVAIS RIEN Y FAIRE ...
ILS... ILS ONT TROUVÉ QUELQUE CHOSE?
JE... JE NE SAIS PAS...
C'ÉTAIT SI TERRIBLE... ILS NE DISAIENT RIEN. ILS RENVERSAIENT TOUT!
ILS ONT MÊME FOUILLÉ LE BERCEAU.
QU'EST-CE...
QU'EST-CE QUE VOUS FAITES, MAÎTRESSE?
PRIE POUR QUE LES DIEUX SOIENT ENCORE AVEC NOUS!...
...LE GANT EST TOUJOURS LÀ!
6

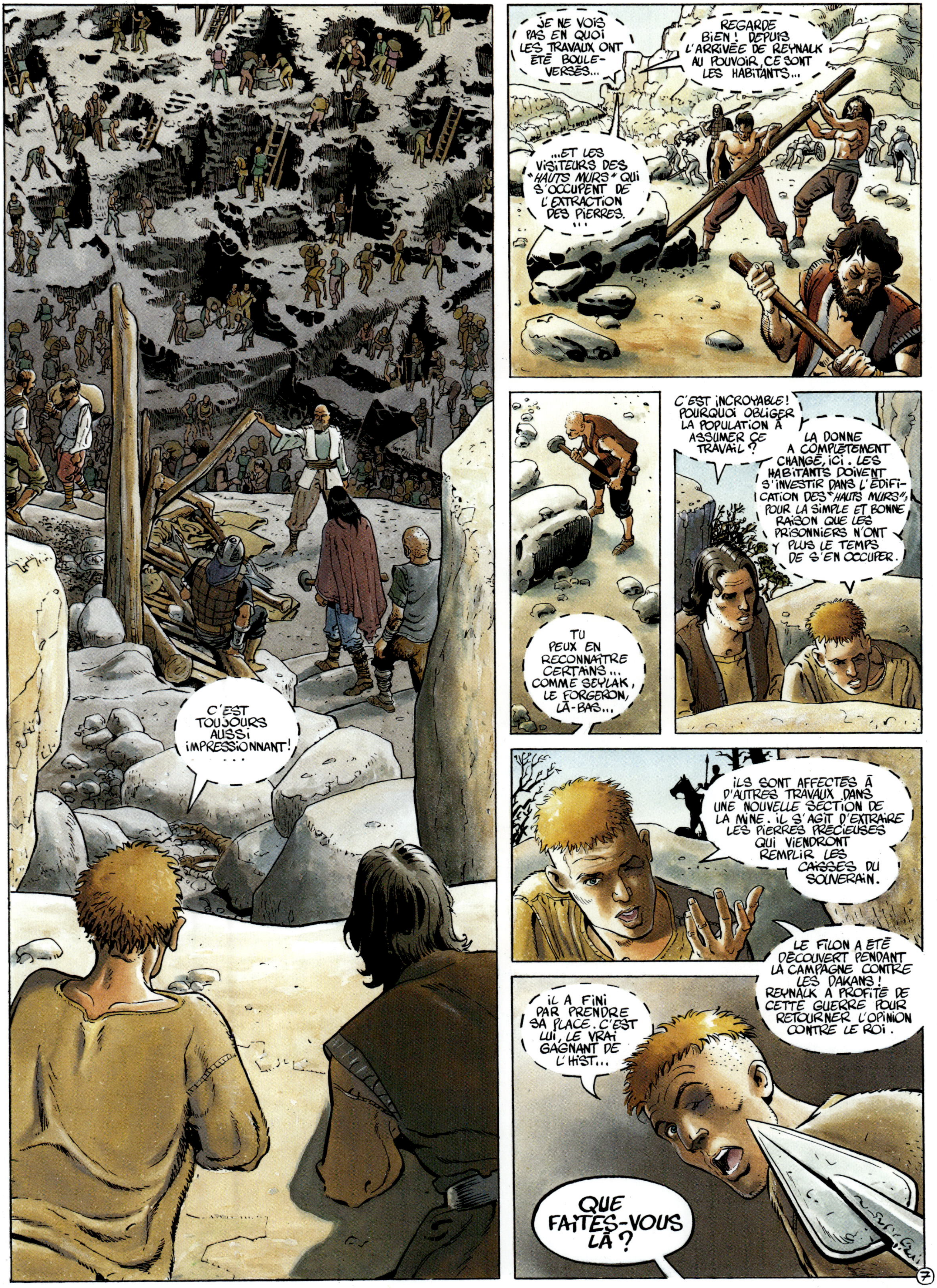
C'EST TOUJOURS AUSSI IMPRESSIONNANT! ...
JE NE VOIS PAS EN QUOI LES TRAVAUX ONT ÉTÉ BOULEVERSÉS...
REGARDE BIEN! DEPUIS L'ARRIVÉE DE REYNALK AU POUVOIR, CE SONT LES HABITANTS...
...ET LES VISITEURS DES "HAUTS MURS" QUI S'OCCUPENT DE L'EXTRACTION DES PIERRES. ...
C'EST INCROYABLE! POURQUOI OBLIGER LA POPULATION À ASSUMER CE TRAVAIL?
LA DONNE A COMPLÈTEMENT CHANGÉ, ICI. LES HABITANTS DOIVENT S'INVESTIR DANS L'ÉDIFICATION DES "HAUTS MURS", POUR LA SIMPLE ET BONNE RAISON QUE LES PRISONNIERS N'ONT PLUS LE TEMPS DE S'EN OCCUPER.
TU PEUX EN RECONNAÎTRE CERTAINS... COMME SEYLAK, LE FORGERON, LÀ-BAS...
ILS SONT AFFECTÉS À D'AUTRES TRAVAUX DANS UNE NOUVELLE SECTION DE LA MINE. IL S'AGIT D'EXTRAIRE LES PIERRES PRÉCIEUSES QUI VIENDRONT REMPLIR LES CAISSES DU SOUVERAIN.
LE FILON A ÉTÉ DÉCOUVERT PENDANT LA CAMPAGNE CONTRE LES DAKANS! REYNALK A PROFITÉ DE CETTE GUERRE POUR RETOURNER L'OPINION CONTRE LE ROI.
IL A FINI PAR PRENDRE SA PLACE. C'EST LUI, LE VRAI GAGNANT DE L'HIST...
QUE FAITES-VOUS LÀ?
7

LEVEZ-VOUS LENTEMENT ET SANS GESTES BRUSQUES!
LA MINE EST INTERDITE À TOUT VISITEUR...
VOUS ALLEZ VOUS EXPLIQUER...
GALFALEK?
GALFALEK! C'EST BIEN TOI?...
?!...
...BERTRAME!...
QU'EST-CE QUE VOUS FICHEZ LÀ? TOUTE LA GARDE ROYALE EST À VOS TROUSSES...
S'ILS VOUS TROUVENT ICI, JE NE DONNE PAS CHER DE VOTRE PEAU...
BERTRAME... TU PEUX NOUS AIDER?...
JE REGRETTE, GALFALEK, LA SEULE CHOSE QUE JE PUISSE FAIRE EST DE VOUS LAISSER PARTIR... DISPARAISSEZ! ...DISPARAISSEZ AVANT QU'IL NE SOIT TROP TARD!
QU'EST-CE QUI SE PASSE, LÀ-BAS?
8

DÉSOLÉ BERTRAME, MAIS C'EST LA MEILLEURE SOLUTION...
...POUR NOUS TOUS !
VOUS, LÀ-BAS ! ARRÊTEZ-VOUS ! C'EST UN ORDRE !
ON SE RAPPROCHE DES MARAIS...
PRENDS UNE AUTRE DIRECTION... ON VA DROIT VERS LES SABLES DE...
NOUS N'AVONS PLUS LE CHOIX. LA RIVIÈRE VA BIENTÔT NOUS BARRER LA ROUTE.
PAS PAR LÀ ! C'EST TROP DANGEREUX !
9

OH NON ! LES SABLES DE LA MORT !
ÉVITE DE TE DÉBATTRE !
C'EST PAS VRAI ! ON VA PAS CREVER COMME ÇA !
LES GARDES ARRIVENT. S'IL Y A UNE PRIME SUR NOS TÊTES, ILS NE NOUS LAISSERONT PAS LÀ-DEDANS ! ...
VOUS VOILÀ BIEN AVANCÉS ! ...
SORTEZ-NOUS DE LÀ !
?!?... PAR TOUTES LES CATINS, T'AS VU LA PRISE ?
...CE SONT LES FUGITIFS ! ... NOTRE FORTUNE EST FAITE !
SORTEZ-NOUS DE LÀ !... VITE !
ON PROFITE D'ABORD DU SPECTACLE ! ..QUE VOUS SOYEZ VIVANTS OU MORTS NE CHANGERA RIEN À LA RÉCOMPENSE.
ON A TOUT LE TEMPS !
J'AI SUR MOI UNE BOURSE EMPLIE D'OR ... ELLE EST À VOUS SI VOUS NOUS
DE LÀ !
T'INQUIÈTE !... MÊME SI TU DIS VRAI ELLE SERA À NOUS DE TOUTE FAÇON !
ORDURES !
VOUS ÊTES DES ORDURES !
CAUSE TOUJOURS MON GARS !
19

YAAAA!!
FSSSSSSS
FICHONS LE CAMP ! D'AUTRES GARDES RISQUENT D'ARRIVER !
LE SERPENT DES SABLES !
11

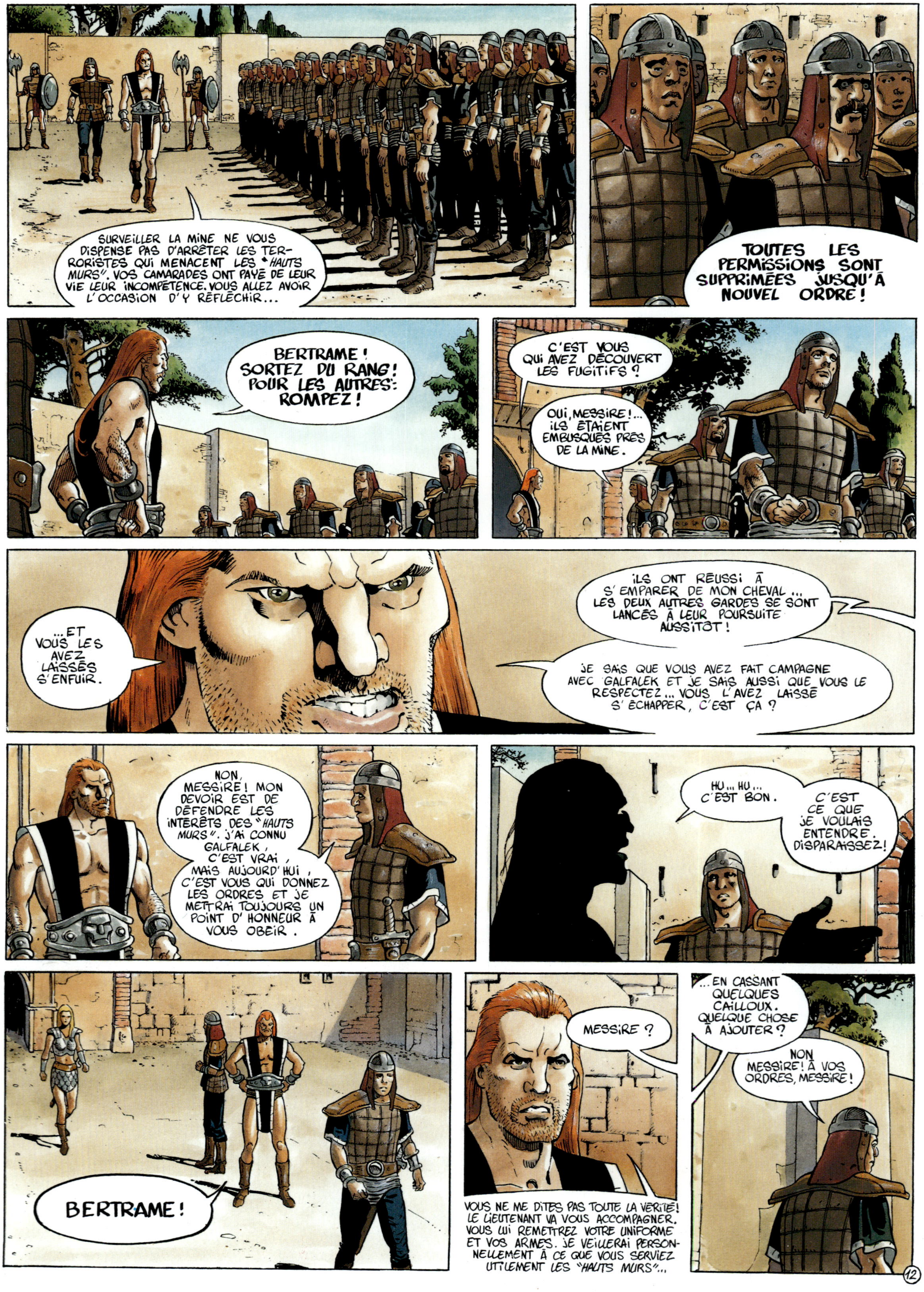
SURVEILLER LA MINE NE VOUS DISPENSE PAS D'ARRÊTER LES TERRORISTES QUI MENACENT LES "HAUTS MURS". VOS CAMARADES ONT PAYÉ DE LEUR VIE LEUR INCOMPÉTENCE. VOUS ALLEZ AVOIR L'OCCASION D'Y RÉFLÉCHIR...
TOUTES LES PERMISSIONS SONT SUPPRIMÉES JUSQU'À NOUVEL ORDRE !
BERTRAME ! SORTEZ DU RANG ! POUR LES AUTRES : ROMPEZ !
C'EST VOUS QUI AVEZ DÉCOUVERT LES FUGITIFS ?
OUI, MESSIRE !... ILS ÉTAIENT EMBUSQUÉS PRÈS DE LA MINE.
...ET VOUS LES AVEZ LAISSÉS S'ENFUIR.
ILS ONT RÉUSSI À S'EMPARER DE MON CHEVAL... LES DEUX AUTRES GARDES SE SONT LANCÉS À LEUR POURSUITE AUSSITÔT !
JE SAIS QUE VOUS AVEZ FAIT CAMPAGNE AVEC GALFALEK ET JE SAIS AUSSI QUE VOUS LE RESPECTEZ... VOUS L'AVEZ LAISSÉ S'ÉCHAPPER, C'EST ÇA ?
NON, MESSIRE ! MON DEVOIR EST DE DÉFENDRE LES INTÉRÊTS DES "HAUTS MURS". J'AI CONNU GALFALEK, C'EST VRAI, MAIS AUJOURD'HUI C'EST VOUS QUI DONNEZ LES ORDRES ET JE METTRAI TOUJOURS UN POINT D'HONNEUR À VOUS OBÉIR.
HU... HU... C'EST BON.
C'EST CE QUE JE VOULAIS ENTENDRE. DISPARAISSEZ !
BERTRAME !
MESSIRE ?
VOUS NE ME DITES PAS TOUTE LA VÉRITÉ ! LE LIEUTENANT VA VOUS ACCOMPAGNER. VOUS LUI REMETTREZ VOTRE UNIFORME ET VOS ARMES. JE VEILLERAI PERSONNELLEMENT À CE QUE VOUS SERVIEZ UTILEMENT LES "HAUTS MURS"...
...EN CASSANT QUELQUES CAILLOUX. QUELQUE CHOSE À AJOUTER ?
NON MESSIRE ! À VOS ORDRES, MESSIRE !
12

LÀ-HAUT ! PLUSIEURS HOMMES AVEC MOI !
IL NE FAUT PAS MOISIR ICI...
... JE DONNERAIS CHER POUR SAVOIR QUI EST...
FAITES LE TOUR DE LA MURAILLE !
C'EST DONC TOI LE RESPONSABLE ?!
JE FERAIS BIEN DE T'IMITER AU PLUS VITE !
C'EST RISQUÉ, MAIS JE N'AI GUÈRE LE CHOIX...
... C'EST LA SEULE CHANCE QU'IL ME RESTE DE LEUR ÉCHAPPER !
OUTCH
VITE ! VITE !
... LA RUELLE.
... AVANT QU'IL NE SOIT TROP TARD !
VOILÀ !... ENCORE QUELQUES FOULÉES ET J'Y SUIS...
LA CLEF, MAINTENANT... VITE ! BON SANG !... IL VONT ARRIVER D'UN MOMENT À L'AUTRE...
JE L'AI TOUCHÉ ! JE L'AI TOUCHÉ !
C'EST PAS VRAI ! ... LA CLEF !?!... OÙ EST CETTE PUTAIN DE CLEF ?...
SÉPAREZ-VOUS...!
LA CLEF, ENFIN !
... MAIS QU'EST-CE...
... FOUILLEZ CHAQUE RUELLE !
17

ILS ARRIVENT ! GARDONS LE SILENCE !
ENTREZ LÀ-DEDANS, VITE !
KLANG KLANG KLANG !
KLANG KLANG...
18

ILS SONT PARTIS...
MERCI ! ... SANS VOUS...
VOUS ÊTES BLESSÉ... J'AI QUELQUE CHOSE QUI DEVRAIT VOUS SOULAGER... VENEZ !
VOILÀ ! ... GARDEZ-LE BIEN SERRÉ SUR LA PLAIE PENDANT QUELQUES JOURS ! ...
POURQUOI AVEZ-VOUS TIRÉ SUR LA GARDE ?...
...?! ...
C'ÉTAIT BIEN VOUS, SUR LA MURAILLE ?! ... J'AI L'IMPRESSION QUE VOUS VOUS APPRÊTIEZ À FAIRE LA MÊME CHOSE, NON ?...
...PEUT-ÊTRE ... ENFIN, NON, JE N'EN FAIS PAS PARTIE ... J'AI FAILLI L'INTÉGRER, MAIS J'Y AI RENONCÉ POUR DIFFÉRENTES RAISONS...
VOUS N'AVEZ PAS RÉPONDU À MA QUESTION... VOUS ÊTES MEMBRE DU CERCLE, C'EST ÇA ?
C'EST À DIRE ?...
MES MOTIVATIONS SONT PLUS PERSONNELLES ... VOUS AVEZ SANS DOUTE ENTENDU PARLER DE L'ÉBOULEMENT À LA MINE QUI A FAIT PLUSIEURS MORTS... MA FEMME ÉTAIT PARMI LES VICTIMES.
JE FERAI LA PEAU À CE ROI DE PACOTILLE ET À SES LIEUTENANTS ... C'EST À CAUSE D'EUX QU'ELLE EST MORTE ...
VOUS ÊTES DU "CERCLE", N'EST-CE PAS ?...
NON !
... MAIS JE PARTAGE VOTRE OPINION SUR REYNALK ET SES HOMMES ...
19

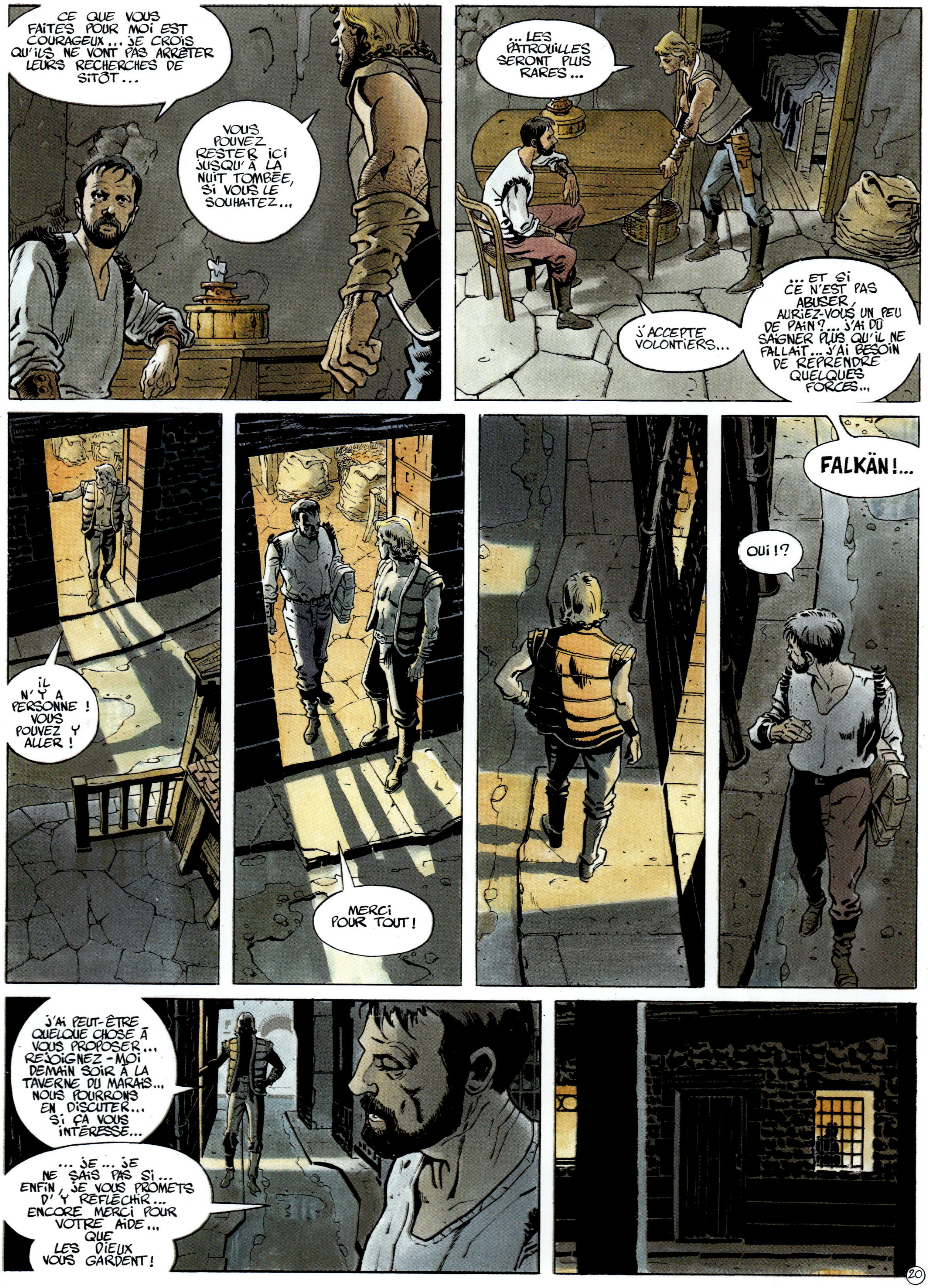
CE QUE VOUS FAITES POUR MOI EST COURAGEUX... JE CROIS QU'ILS NE VONT PAS ARRÊTER LEURS RECHERCHES DE SITÔT...
VOUS POUVEZ RESTER ICI JUSQU'À LA NUIT TOMBÉE, SI VOUS LE SOUHAITEZ...
... LES PATROUILLES SERONT PLUS RARES...
J'ACCEPTE VOLONTIERS...
... ET SI CE N'EST PAS ABUSER, AURIEZ-VOUS UN PEU DE PAIN?... J'AI DÛ SAIGNER PLUS QU'IL NE FALLAIT... J'AI BESOIN DE REPRENDRE QUELQUES FORCES...
IL N'Y A PERSONNE ! VOUS POUVEZ Y ALLER !
MERCI POUR TOUT !
FALKÄN !...
OUI !?
J'AI PEUT-ÊTRE QUELQUE CHOSE À VOUS PROPOSER... REJOIGNEZ-MOI DEMAIN SOIR À LA TAVERNE DU MARAIS... NOUS POURRONS EN DISCUTER... SI ÇA VOUS INTÉRESSE...
... JE... JE NE SAIS PAS SI... ENFIN, JE VOUS PROMETS D'Y RÉFLÉCHIR... ENCORE MERCI POUR VOTRE AIDE... QUE LES DIEUX VOUS GARDENT !
20

LAISSE-MOI SEULE, GORDROM! JE NE T'AI PAS DEMANDÉ DE ME VEILLER.
REPOSE-TOI, SOLYAL ET GARDE PLUTÔT TES FORCES POUR GUÉRIR! IL EST NORMAL QU'UN CHEF S'INQUIÈTE DE L'ÉTAT DE SES SOLDATS...
L'INFIRMIER M'A ASSURÉ QU'IL S'EN EST FALLU DE PEU POUR QUE LE COUP SOIT MORTEL. JE SUPPOSE QUE ÇA T'AURAIT FAIT PLAISIR...
PERSONNE NE PEUT SE RÉJOUIR DE CET ATTENTAT. JE VIENS DE SOUMETTRE À REYNALK UN PLAN D'ATTAQUE QUI DEVRAIT CONTRER DÉFINITIVEMENT "LE CERCLE".
VOUS ME FATIGUEZ TOI ET "TON" REYNALK...
TOC TOC
ENTREZ!
MESSIRE GORDROM, LES NOUVELLES NE SONT PAS TRÈS BONNES!
VOUS NE L'AVEZ PAS TROUVÉ ?!...
MALHEUREUSEMENT NON, MESSIRE! PERSONNE N'A PU VOIR SON VISAGE... CELA NE FACILITE RIEN... NOUS SAVONS SEULEMENT QU'IL EST BLESSÉ. J'AI PEUR QU'IL NOUS AIT ÉCHAPPÉ POUR DE BON.
CHERCHEZ ENCORE ET NE REVENEZ QU'AVEC LE FUGITIF! EXÉCUTION!
BIEN, MESSIRE GORDROM, CE SERA FAIT!
CE SONT TOUS DES INCAPABLES!
MAIS JE FINIRAI PAR LE...?!
TU DORS ?...
DORS, MA BELLE!
TOUT REDEVIENDRA BIENTÔT COMME AVANT...
LAISSE-MOI SEULEMENT UN PEU DE TEMPS... UN TOUT PETIT PEU DE TEMPS!
21

COMMENT?
...COMBIEN DE FOIS VOUS AI-JE DIT DE NE PAS ME DÉRANGER PENDANT L'ENTRAÎNEMENT?! ...
CET HOMME DIT AVOIR VU QUELQUE CHOSE QUI POURRAIT NOUS ÊTRE UTILE!... J'AI CRU BON DE...
HUM... FAITES-LE ENTRER! LE TEMPS D'EN TERMINER AVEC CES DEUX-LÀ...
KLONG KLONG...
TCHOC!
LAISSEZ-MOI SEUL!
J'ESPÈRE POUR VOUS QUE VOS NOUVELLES VALENT LA PEINE D'INTERROMPRE MES EXERCICES...
C'EST... C'EST À PROPOS DE GALFALEK!... ...LE JOUR OÙ IL A ÉTÉ DÉCOUVERT...
QU'EST-CE QUE VOUS VOULEZ DIRE?
JE VEUX PARLER DU JOUR DE L'EXÉCUTION D'UN DES MEMBRES DU "CERCLE"...
...J'AVAIS REMARQUÉ QUE LA BELLE YRISIS ÉTAIT ACCOMPAGNÉE PAR UN HOMME QU'ELLE SEMBLAIT VOULOIR RAISONNER...
C'ÉTAIT UN PEU CONFUS À CAUSE DE LA FOULE. JE LES AI PERDUS DE VUE UN INSTANT, PUIS J'AI ESSAYÉ DE ME RAPPROCHER D'EUX...
ET LÀ JE N'AI PAS RECONNU L'HOMME... PEUT-ÊTRE ÉTAIT-IL PARTI?!... À SA PLACE, IL Y AVAIT CELUI QUE VOUS RECHERCHEZ, CET ANCIEN MERCENAIRE DU NOM DE GALFALEK...
JE N'APPRENDS RIEN DE TRÈS NOUVEAU...
...MAIS CE QUI M'A SURPRIS, C'EST QU'AVANT D'INTERVENIR ET DE VOUS PROVOQUER EN DUEL, IL A EMBRASSÉ ET SERRÉ CONTRE LUI L'ENFANT QUE PORTAIT LA SERVANTE D'YRISIS. ...J'AI TROUVÉ DANS SES GESTES LE COMPORTEMENT D'UN PÈRE POUR SON FILS... JE SUIS MOI-MÊME PÈRE DE DEUX ENFANTS!...
LE MOMENT D'APRÈS, C'EST YRISIS QUI A EMBRASSÉ LE PETIT, AVANT DE LE RENDRE À SA SERVANTE!... J'AI ESTIMÉ QUE CELA POUVAIT ÊTRE IMPORTANT POUR VOUS... JE... JE NE ME SUIS PAS TROMPÉ? ...?!?...
VOUS AVEZ BIEN FAIT!... GARDE, DONNEZ-LUI SA RÉCOMPENSE ET RECONDUISEZ-LE!
MERCI, MESSIRE, J'AI TOUJOURS SU QUE VOUS ÊTIEZ UN HOMME DE BIEN!
YRISIS, JE TE PROMETS QUE CETTE FOIS, TU VAS LE REGRETTER.
22

JE NE SUIS PAS SÛRE QUE CE SOIT UNE BONNE IDÉE, MAÎTRESSE. SI JAMAIS ILS VOUS DÉCOUVRENT... ILS SONT CAPABLES DE VOUS ARRÊTER SUR LE CHAMP...
JE SAIS CELA, MAIS QUE ME RESTE-T-IL, MAINTENANT ?...
... GALFALEK ET HEINK SONT RECHERCHÉS ET IL Y A PEU DE CHANCES POUR QU'ILS ÉCHAPPENT BIEN LONGTEMPS AUX HOMMES DE GORDROM...
LE "CERCLE" DOIT RÉAGIR AU PLUS VITE. À LA NUIT TOMBÉE, J'IRAI À LA TAVERNE DU MARAIS POUR RENCONTRER L'UN D'ENTRE EUX.
COMMENT FEREZ-VOUS ? LA MAISON EST ENTOURÉE DE GARDES. ILS NE VOUS LAISSERONT PAS SORTIR.
TU OUBLIES LE GANT...
... C'EST GRÂCE À LUI QUE JE POURRAI SORTIR SANS ÊTRE RECONNUE...
D'AILLEURS, IL EST PEUT-ÊTRE TEMPS DE L'ESSAYER...
NE BOUGEZ PAS, MAÎTRESSE, JE VAIS VOUS LE CHERCHER. J'AI HÂTE DE VOIR LE RÉSULTAT.
23

OH, SEIGNEUR !... MAÎTRESSE !...
MAÎTRESSE !
STEFRAN... CE N'EST PAS VRAI !...
LES TRACES SUR SON COU... C'EST LE GANT... LE GANT L'A ÉTRANGLÉ !
RESPIRE ! ... RESPIRE !!
SA POITRINE, MAÎTRESSE ! PEUT-ÊTRE QU'EN FRICTIONNANT SA POITRINE...
OH, SEIGNEUR !
RÉVEILLE-TOI, STEFRAN ! RÉVEILLE-TOI, JE T'EN SUPPLIE !
ENCORE, MAÎTRESSE ! ENCORE !
...JE... JE SENS... SON COEUR !
...JE... JE CROIS... IL... IL RESPIRE !
STEFRAN, MON CHÉRI !...
KUFF KUFF K
MERCI, SEIGNEUR !
OUINNN
PLEURE, MON BONHOMME ! ÇA N'A JAMAIS ÉTÉ AUSSI BEAU !
24

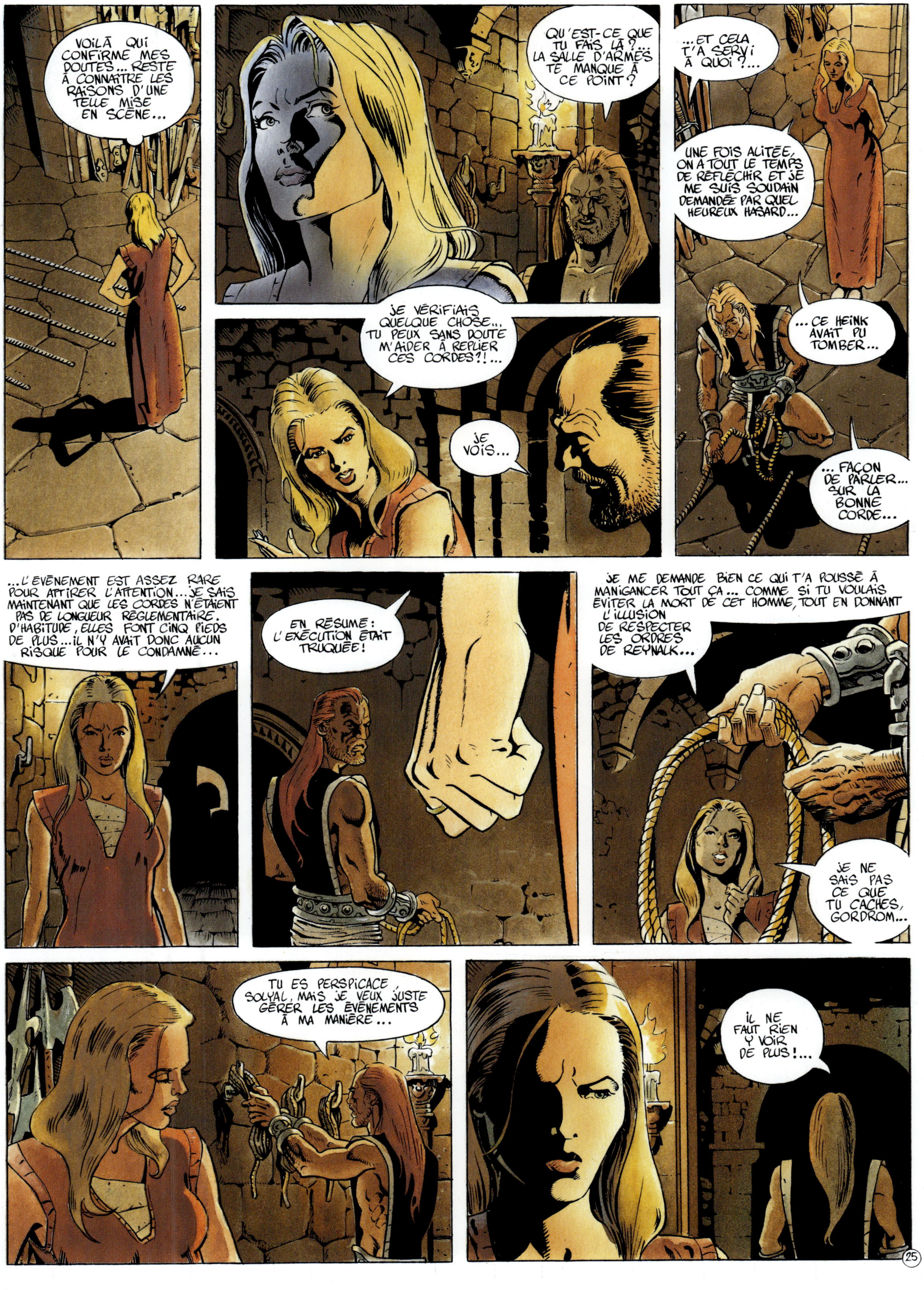
VOILÀ QUI CONFIRME MES DOUTES... RESTE À CONNAÎTRE LES RAISONS D'UNE TELLE MISE EN SCÈNE...
QU'EST-CE QUE TU FAIS LÀ ?... LA SALLE D'ARMES TE MANQUE À CE POINT ?
...ET CELA T'A SERVI À QUOI ?...
UNE FOIS ALITÉE, ON A TOUT LE TEMPS DE RÉFLÉCHIR ET JE ME SUIS SOUDAIN DEMANDÉE PAR QUEL HEUREUX HASARD...
JE VÉRIFIAIS QUELQUE CHOSE... TU PEUX SANS DOUTE M'AIDER À REPLIER CES CORDES ?!...
JE VOIS...
...CE HEINK AVAIT PU TOMBER...
...FAÇON DE PARLER... SUR LA BONNE CORDE...
...L'ÉVÉNEMENT EST ASSEZ RARE POUR ATTIRER L'ATTENTION... JE SAIS MAINTENANT QUE LES CORDES N'ÉTAIENT PAS DE LONGUEUR RÉGLEMENTAIRE. D'HABITUDE, ELLES FONT CINQ PIEDS DE PLUS... IL N'Y AVAIT DONC AUCUN RISQUE POUR LE CONDAMNÉ...
EN RÉSUMÉ : L'EXÉCUTION ÉTAIT TRUQUÉE !
JE ME DEMANDE BIEN CE QUI T'A POUSSÉ À MANIGANCER TOUT ÇA... COMME SI TU VOULAIS ÉVITER LA MORT DE CET HOMME, TOUT EN DONNANT L'ILLUSION DE RESPECTER LES ORDRES DE REYNALK...
JE NE SAIS PAS CE QUE TU CACHES, GORDROM...
TU ES PERSPICACE, SOLYAL, MAIS JE VEUX JUSTE GÉRER LES ÉVÉNEMENTS À MA MANIÈRE...
IL NE FAUT RIEN Y VOIR DE PLUS !...
25

LE PLUS DIFFICILE SERA DE SORTIR DE LA MAISON SANS ÊTRE VUE PAR UN GARDE !
MAîTRESSE... ÊTES-VOUS VRAIMENT SÛRE DE VOULOIR PASSER CE GANT?... AVEC CE QUI EST ARRIVÉ...
...IL... IL ME FAIT HORREUR !
JE SAIS CE QUE TU RESSENS...
...MAIS JE NE CROIS PAS QU'IL Y AIT DE DANGER... LE GANT A ÉTÉ UN PRÉCIEUX ATOUT POUR GALFALEK ET IL LE SERA TOUT AUTANT POUR MOI... À LA TAVERNE, JE POURRAI PEUT-ÊTRE AVOIR DES RENSEIGNEMENTS SUR LES INTENTIONS DU "CERCLE"...
...JE DOIS Y ALLER !
ALORS ?...
SEIGNEUR... C'EST SI... INCROYABLE !
VOUS, LÀ-BAS ! ARRÊTEZ- VOUS !
QU'EST-CE QUE VOUS FAITES LÀ ?...
TOURNEZ-VOUS, QUE JE VOIE VOTRE VISAGE !
VOUS N'AVEZ PAS À TRAÎNER PAR ICI... VOUS CACHEZ QUOI, DANS CE SAC ?
QUELQUES HERBES ! MA MAîTRESSE EST MALADE, J'AI DÛ LA VEILLER... IL Y A UN PROBLÈME ?
NOUS AVONS ORDRE DE SURVEILLER CETTE MAISON ET SES ALENTOURS...
C'EST BON... VOUS POUVEZ Y ALLER. MAIS FAITES VITE... ÉVITEZ AUSSI DE SORTIR TARDIVEMENT, UN AUTRE GARDE POURRAIT ÊTRE MOINS CONCILIANT...
JE M'EN SOUVIENDRAI... MERCI ENCORE DE VOTRE PATIENCE.
26

À VOIR TA NOUVELLE TÊTE, GALFALEK, ON POURRAIT CROIRE QUE TU PORTES LE GANT DE L'OUBLI ... LA DIFFÉRENCE EST SI ... SPECTACULAIRE...
TELVAN NE T'A PAS LOUPÉ NON PLUS...
FERMEZ-LA UN PEU, DEVANT !
VOUS DISCUTEREZ PLUS TARD !
NOUS Y SOMMES ! SI LES INDICATIONS DU ROI SONT JUSTES, LA GRILLE SE TROUVE À QUELQUES PIEDS SOUS L'EAU...
...SELON LUI, ELLE DONNE SUR LES OUBLIETTES...
TU AS TOUJOURS LA CLEF ?
...ALORS, ALLONS-Y !

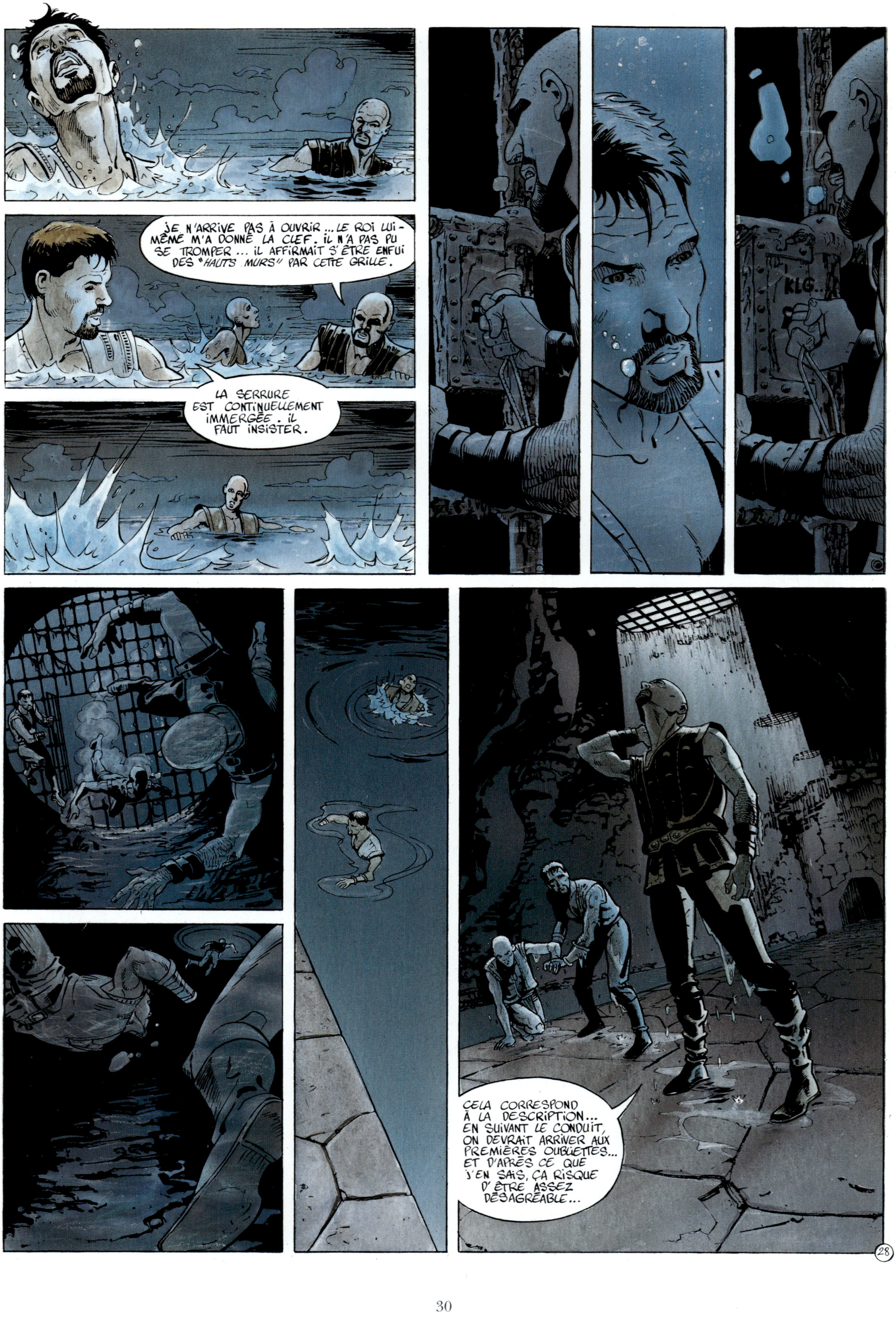

JE N'ARRIVE PAS À OUVRIR... LE ROI LUI-MÊME M'A DONNÉ LA CLEF. IL N'A PAS PU SE TROMPER... IL AFFIRMAIT S'ÊTRE ENFUI DES "HAUTS MURS" PAR CETTE GRILLE.
LA SERRURE EST CONTINUELLEMENT IMMERGÉE. IL FAUT INSISTER.
KLG..
CELA CORRESPOND À LA DESCRIPTION... EN SUIVANT LE CONDUIT, ON DEVRAIT ARRIVER AUX PREMIÈRES OUBLIETTES... ET D'APRÈS CE QUE J'EN SAIS, ÇA RISQUE D'ÊTRE ASSEZ DÉSAGRÉABLE...
28

LES PIERRES DES "HAUTS-MURS" VONT ÉCLORE. REYNACK EST NOTRE RÉDEMPTION !
HUM... LÀ-BAS, DANS LE FOND !
BONSOIR !
C'EST TOI ?... JE CROYAIS QUE...
TU FAIS UNE ERREUR, IANEK... UNE ERREUR FATALE !
...QUE ?!...
29

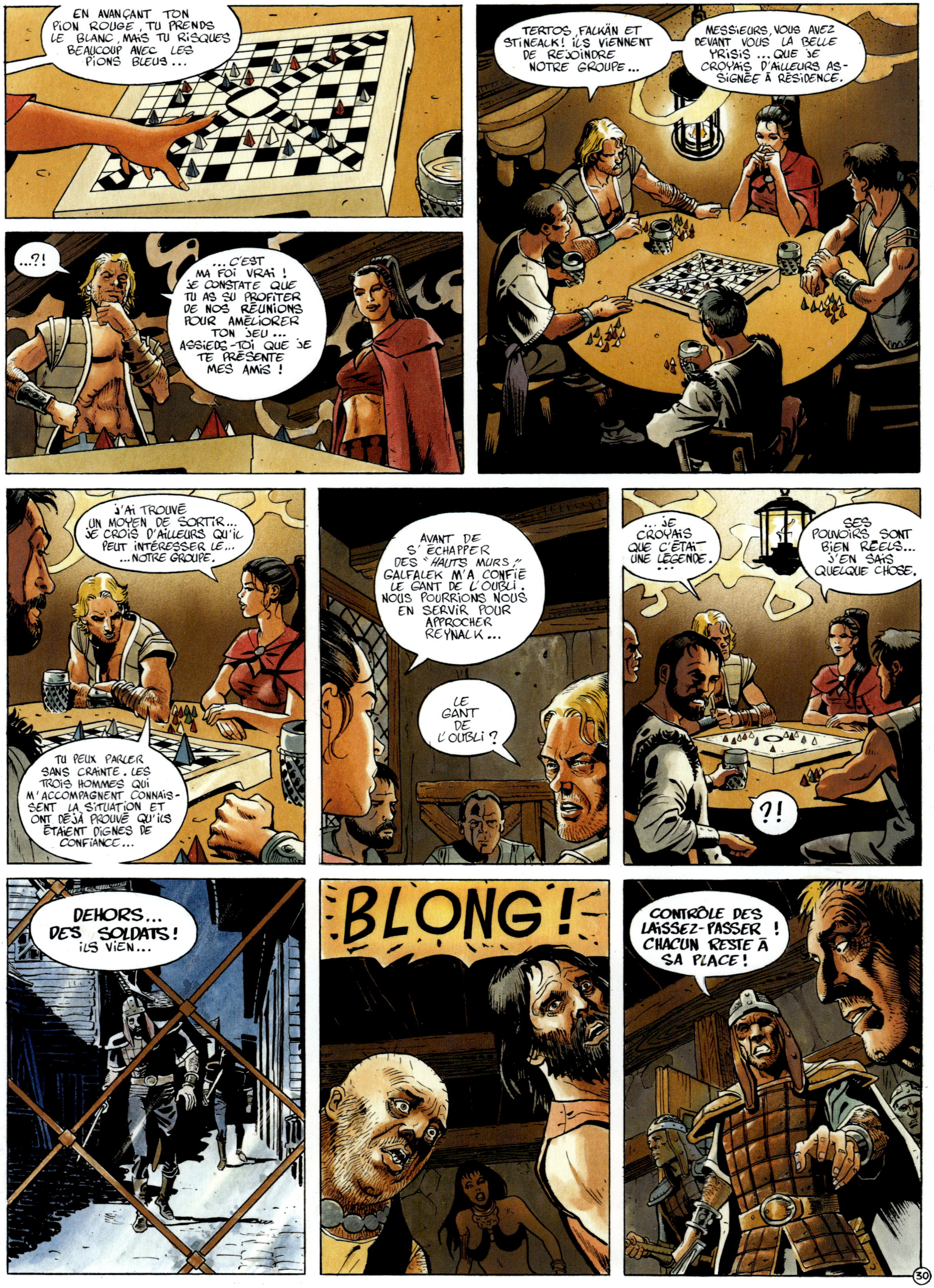
EN AVANÇANT TON PION ROUGE, TU PRENDS LE BLANC, MAIS TU RISQUES BEAUCOUP AVEC LES PIONS BLEUS...
TERTOS, FALKÄN ET STINEACK! ILS VIENNENT DE REJOINDRE NOTRE GROUPE...
MESSIEURS, VOUS AVEZ DEVANT VOUS LA BELLE YRISIS... QUE JE CROYAIS D'AILLEURS ASSIGNÉE À RÉSIDENCE.
...?!
... C'EST MA FOI VRAI! JE CONSTATE QUE TU AS SU PROFITER DE NOS RÉUNIONS POUR AMÉLIORER TON JEU... ASSIEDS-TOI QUE JE TE PRÉSENTE MES AMIS!
J'AI TROUVÉ UN MOYEN DE SORTIR... JE CROIS D'AILLEURS QU'IL PEUT INTÉRESSER LE... ...NOTRE GROUPE.
TU PEUX PARLER SANS CRAINTE. LES TROIS HOMMES QUI M'ACCOMPAGNENT CONNAISSENT LA SITUATION ET ONT DÉJÀ PROUVÉ QU'ILS ÉTAIENT DIGNES DE CONFIANCE...
AVANT DE S'ÉCHAPPER DES "HAUTS MURS", GALFALEK M'A CONFIÉ LE GANT DE L'OUBLI. NOUS POURRIONS NOUS EN SERVIR POUR APPROCHER REYNACK...
LE GANT DE L'OUBLI?
... JE CROYAIS QUE C'ÉTAIT UNE LÉGENDE...
SES POUVOIRS SONT BIEN RÉELS... J'EN SAIS QUELQUE CHOSE.
?!
DEHORS... DES SOLDATS! ILS VIEN...
BLONG!
CONTRÔLE DES LAISSEZ-PASSER! CHACUN RESTE À SA PLACE!
30

VIENS PAR LÀ, TOI !
SI TU VEUX ÉVITER LES ENNUIS, DÉSIGNE-MOI VITE LES MEMBRES DU CERCLE !
JE T'ÉCOUTE !
ON EMBARQUE CELUI-LÀ ! SON LAISSEZ-PASSER N'EST PAS À JOUR !
ATTENTION, TAVERNIER! GORDROM ARRIVE... IL VA S'OCCUPER DE TOI !
VOS LAISSEZ-PASSER !
ET TOI ?
JE... JE M'EXCUSE... JE NE L'AI PAS SUR MOI...
...JE NE PENSAIS PAS QU'IL...
CE DOCUMENT EST OBLIGATOIRE. VOUS DEVEZ LE GARDER SUR VOUS QUOI QU'...
...DIS-DONC TOI, TU NE SERAIS PAS LA COUSINE DE L'ANCIEN SOUVERAIN?.. YRISIS, JE CROIS...
31

NON, VOUS DEVEZ CONFONDRE.
HUM... PEUT-ÊTRE...
...ET TOI, TU ATTENDS QUOI POUR ME MONTRER TON PASSE ?
JE L'AI LÀ BIEN SÛR... BIEN SÛR...
LE VOILÀ, SALE BATARD ! EN SOUVENIR DE MA FEMME !
OH, SEIGNEUR!
... QU'EST-CE QUE TU FOUS, FALKÄN?
?!
C'EST QUOI, CE BORDEL?
PAR LA RÉSERVE! ALLEZ! ALLEZ!
LA PORTE DE DERRIÈRE, VITE !
?!
TU NE T'ATTENDAIS PAS À ME VOIR LÀ ... HEIN ?
32

TOI NON PLUS!
CHACUN POUR SOI! IL FAUT SE SÉPARER!
RATTRAPEZ-LES!
OÙ SONT LES AUTRES?
PARLE!
VOUS FAITES TOUS PARTIE DU "CERCLE" C'EST ÇA ?... T'AS INTÉRÊT À PARLER... ET VITE!
NON... JE VOUS JURE! J'ÉTAIS LÀ PAR HASARD... CE SONT EUX QUI...
QU'EST-CE QUE C'EST QUE CE FOUTOIR?
OH... MESSIRE GORDROM... JE... DES HOMMES ONT FUI LES CONTRÔLES. J'AI LANCÉ DES GARDES À LEUR POURSUITE. CELUI-LÀ N'A PU ALLER BIEN LOIN!... VOUS AVIEZ RAISON, CETTE TAVERNE EST TRUFFÉE DE MEMBRES DU "CERCLE".
ÇA SUFFIT!
JE VOUS CONFIE UNE MISSION ET VOILÀ LE RÉSULTAT...
VOUS EN RÉPONDREZ DEVANT REYNACK!
BRÛLEZ CETTE MASURE ET AMENEZ-MOI LE TAVERNIER! JE VAIS M'OCCUPER MOI-MÊME DU SORT DE CES DEUX-LÀ!
33

HAN !
CRAK !
NOUS Y VOILÀ ! REPRENONS NOTRE SOUFFLE AVANT D'ENTAMER L'ASCENSION !
AHHH !... BON SANG ! IL Y EN A PARTOUT DE CES PUTAINS DE RATS ! ... ET CETTE ODEUR ?!
LE PLUS DIFFICILE SERA DE S'EXTRAIRE DE LÀ SANS TOMBER...
EN S'AGRIPPANT AUX PICS, ON DEVRAIT ...OH ! PAR TOUS LES DIEUX !...
QUOI ?... QU'EST-CE QU'IL Y A, TELVAN ?
QUELLE HORREUR ! JE CROYAIS QUE CES OUBLIETTES N'ÉTAIENT PLUS UTILISÉES... REYNALK EST LE PIRE DES ASSASSINS !
CRACK
OUVREZ LA GRILLE !
FAITES-LE AVANCER !
34

JE VOUS EN SUPPLIE, MESSIRE! J'SAIS RIEN DE PLUS.
ALLONS, STINEALK, RÉFLÉCHIS ENCORE! TU SAIS FORCÉMENT CE QU'ILS PRÉPARENT...
JE VOUS AI DIT TOUT CE QUE JE SAVAIS... C'ÉTAIT SEULEMENT MA DEUXIÈME RÉUNION À LA TAVERNE... ILS N'ONT PAS EU LE TEMPS DE ME DIRE...
TU MAINTIENS NE PAS SAVOIR OÙ ILS HABITENT ? ...
OUI, MESSIRE, JE VOUS JURE QUE C'EST VRAI... PITIÉ, MESSIRE! JE FERAI TOUT CE QUE VOUS VOUDREZ...
BIEN... DANS CE CAS : DISPARAIS!
NONNNNNN!
VA POURRIR EN ENFER!
?!?

35

ÉCOUTEZ, JE NE SAIS PAS SI J'AI ENVIE DE CONTINUER... TOUT ÇA... C'EST TROP DANGEREUX... ...ET PUIS ÇA NE ME CONCERNE PAS !
IL EST TROP TARD POUR RECULER... C'EST TOI QUI AS VOULU VENIR POUR BÉNÉFICIER DES LARGESSES DU ROI EN CAS DE RÉUSSITE. ...
JE SAIS ! JE SAIS... JE NE M'ATTENDAIS PAS À TOUT ÇA !
C'EST UN VRAI LABYRINTHE. MÊME AVEC LES INDICATIONS DU ROI, ON RISQUE DE TOURNER EN ROND UN MOMENT !
PAS D'AFFOLEMENT, JE SAIS OÙ NOUS SOMMES ! L'ENDROIT ÉTAIT AUTREFOIS FRÉQUENTÉ PAR LES MERCENAIRES...
SUIVEZ-MOI !
ET QU'EST-CE QU'ON FAIT, SI ON RENCONTRE DES GARDES ?
...PRIE POUR QUE ÇA N'ARRIVE PAS !
ET PAR LÀ ?
NON ! SUIVEZ-MOI ! ENCORE UN PEU DE PATIENCE... NOUS Y SOMMES PRESQUE...
ILS SONT PASSÉS !
DES GARDES ?
JE N'AI PAS BIEN VU... JE CROYAIS L'ENDROIT PLUS SÛR ...
...JE NE PEUX MÊME PAS RETOURNER CHEZ MOI. STINEALK A DÛ DONNER QUELQUES NOMS... SANS PARLER DES TÉMOINS QUI NOUS ONT VUS FUIR...
N'OUBLIE PAS QU'YRISIS POSSÈDE LE GANT. C'EST À NOUS DE TROUVER LE MOYEN DE L'EXPLOITER À NOTRE AVANTAGE...
JE SAIS QUE CE SERA DIFFICILE, MAIS IL FAUT QUE TU AVERTISSES LES MEMBRES DU "CERCLE" D'UNE ULTIME RENCONTRE À CE SUJET. ELLE POURRAIT AVOIR LIEU LA NUIT PROCHAINE, DANS L'ANCIENNE GRANGE DE VACTOS... AH... ET DEMANDE AUSSI À TARDEL, L'AVEUGLE, DE SE JOINDRE À LA RÉUNION ! ... MAINTENANT, ÉCOUTE-MOI BIEN ! VOILÀ CE QUE TU DEVRAS LEUR DIRE...

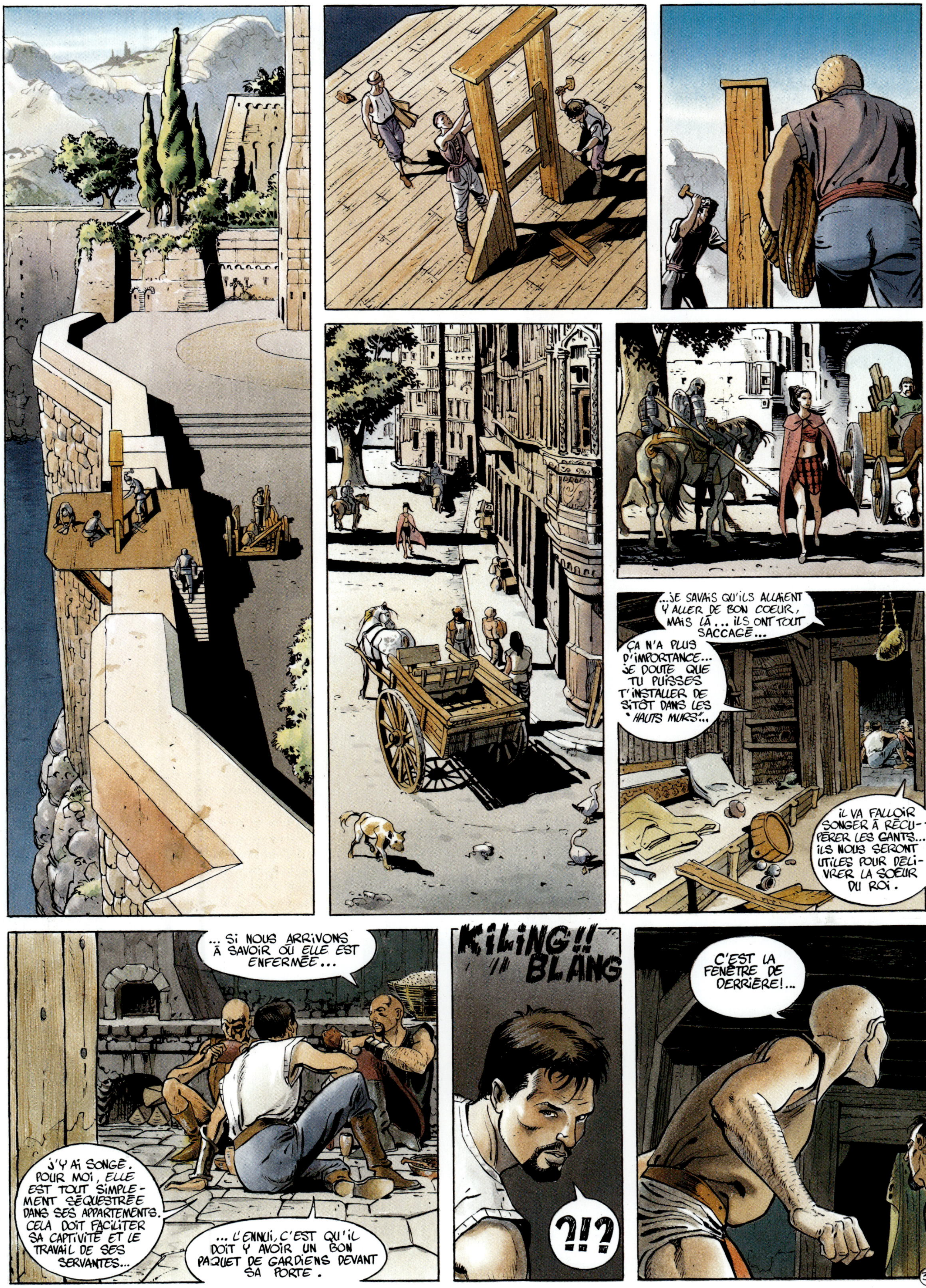
...JE SAVAIS QU'ILS ALLAIENT Y ALLER DE BON COEUR, MAIS LÀ... ILS ONT TOUT SACCAGÉ...
ÇA N'A PLUS D'IMPORTANCE... JE DOUTE QUE TU PUISSES T'INSTALLER DE SITÔT DANS LES "HAUTS MURS"...
IL VA FALLOIR SONGER À RÉCUPÉRER LES GANTS... ILS NOUS SERONT UTILES POUR DÉLIVRER LA SOEUR DU ROI.
... SI NOUS ARRIVONS À SAVOIR OÙ ELLE EST ENFERMÉE...
J'Y AI SONGÉ. POUR MOI, ELLE EST TOUT SIMPLEMENT SÉQUESTRÉE DANS SES APPARTEMENTS. CELA DOIT FACILITER SA CAPTIVITÉ ET LE TRAVAIL DE SES SERVANTES...
... L'ENNUI, C'EST QU'IL DOIT Y AVOIR UN BON PAQUET DE GARDIENS DEVANT SA PORTE.
KILING!! BLÂNG
?!?
C'EST LA FENÊTRE DE DERRIÈRE!...
37

QU'EST-CE QUE VOUS FAITES LÀ ?
QUI ÊTES-VOUS ? QUI VOUS A PERMIS D'ENTRER DANS MA...
...?!?... HEINK !?!...
C'EST MOI, YRISIS ! ...JE PORTE LE GANT DE L'OUBLI... J'AI FAILLI NE PAS TE RECONNAÎTRE AVEC TON CRÂNE RASÉ...
GALFALEK !?!
QU'EST-CE QUE VOUS F...
MMHH... J'AI BIEN L'IMPRESSION QUE CES DEUX-LÀ SE RECONNAISSENT, MAINTENANT... DONNONS-LEUR ENCORE UN MOMENT AVANT DE REPRENDRE LA DISCUSSION.
... LE PLUS HORRIBLE A ÉTÉ DE PASSER PAR L'OUBLIETTE... MAIS, ET TOI... J'AIMERAIS SAVOIR CE QUE TU COMPTAIS TROUVER ICI.
UN PLAN ! JE ME SUIS SOUVENUE QU'AVANT DE FUIR LES "HAUTS MURS", HEINK M'AVAIT PARLÉ D'UN PLAN CACHÉ CHEZ LUI...
...EUH... OUI... C'EST EXACT ! IL SITUE QUELQUES PIÈCES ET UNE ENTRÉE SECRÈTE. ...EN TOUT CAS, CELLE PAR LAQUELLE JE SUIS PASSÉ POUR VOLER
LE GANT, MAIS ÇA, JE NE TE L'AI SÛREMENT PAS DIT...
JE VOULAIS TROUVER CE DOCUMENT ET LE CONFIER AVEC LE GANT AUX MEMBRES DU "CERCLE" !...
... ET VU LE DÉSORDRE QUI RÈGNE ICI, NOUS AVONS ÉTÉ DEVANCÉS...
CE N'EST PAS SI SÛR !... TU AS UN COUTEAU, GALFALEK ?... JE VAIS VOUS MONTRER QUELQUE CHOSE...
38

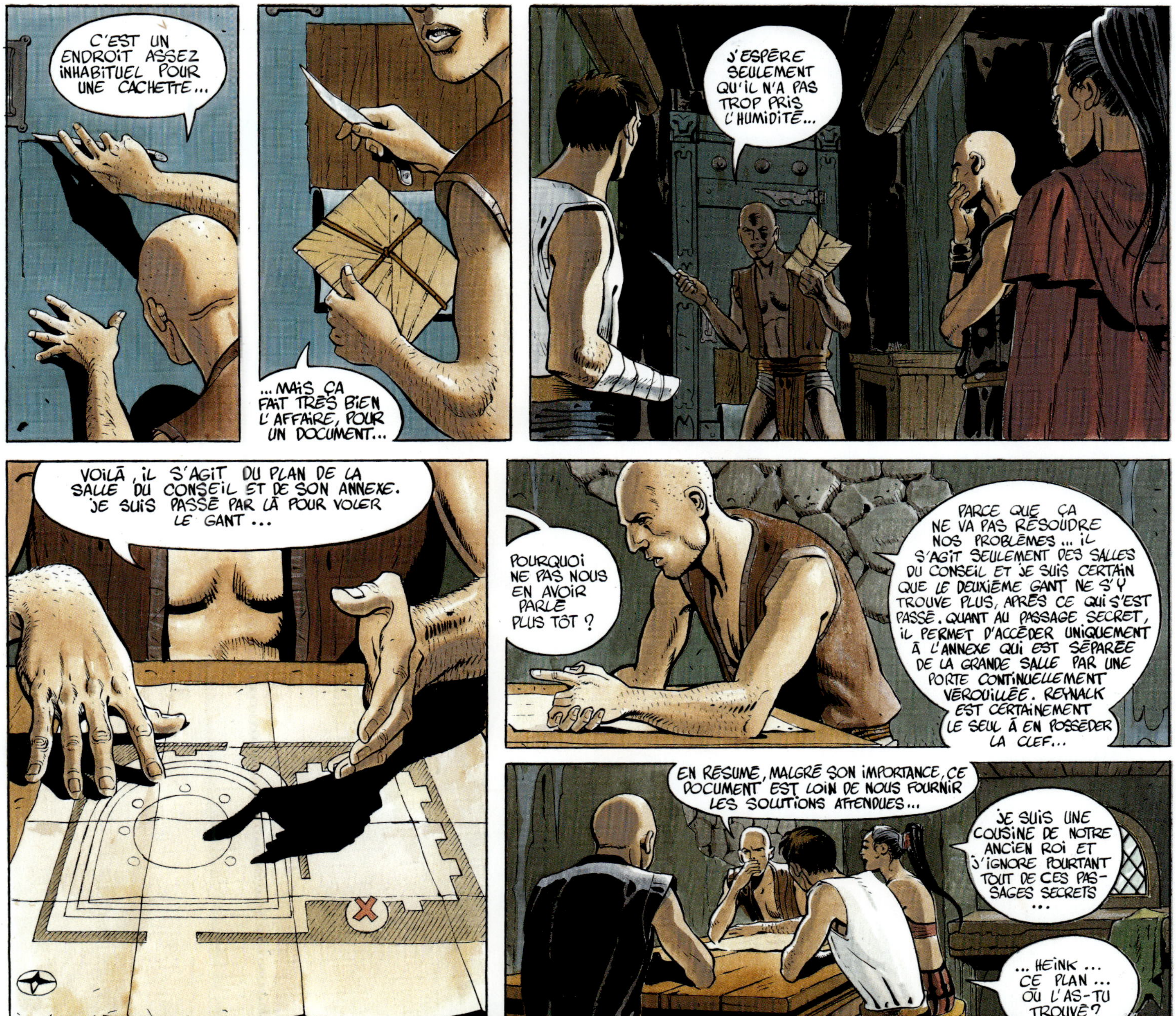
C'EST UN ENDROIT ASSEZ INHABITUEL POUR UNE CACHETTE...
...MAIS ÇA FAIT TRÈS BIEN L'AFFAIRE, POUR UN DOCUMENT...
J'ESPÈRE SEULEMENT QU'IL N'A PAS TROP PRIS L'HUMIDITÉ...
VOILÀ, IL S'AGIT DU PLAN DE LA SALLE DU CONSEIL ET DE SON ANNEXE. JE SUIS PASSÉ PAR LÀ POUR VOLER LE GANT...
POURQUOI NE PAS NOUS EN AVOIR PARLÉ PLUS TÔT ?
PARCE QUE ÇA NE VA PAS RÉSOUDRE NOS PROBLÈMES... IL S'AGIT SEULEMENT DES SALLES DU CONSEIL ET JE SUIS CERTAIN QUE LE DEUXIÈME GANT NE S'Y TROUVE PLUS, APRÈS CE QUI S'EST PASSÉ. QUANT AU PASSAGE SECRET, IL PERMET D'ACCÉDER UNIQUEMENT À L'ANNEXE QUI EST SÉPARÉE DE LA GRANDE SALLE PAR UNE PORTE CONTINUELLEMENT VEROUILLÉE. REYNACK EST CERTAINEMENT LE SEUL À EN POSSÉDER LA CLEF...
EN RÉSUMÉ, MALGRÉ SON IMPORTANCE, CE DOCUMENT EST LOIN DE NOUS FOURNIR LES SOLUTIONS ATTENDUES...
JE SUIS UNE COUSINE DE NOTRE ANCIEN ROI ET J'IGNORE POURTANT TOUT DE CES PASSAGES SECRETS...
...HEINK... CE PLAN... OÙ L'AS-TU TROUVÉ?
UN TRAFIQUANT ME L'A CÉDÉ CONTRE UNE COQUETTE SOMME D'ARGENT. ...TOUT CE QUE JE SAIS, C'EST QU'IL L'AVAIT RACHETÉ AU FILS D'UN ENTREPRENEUR... NOUS POURRIONS PEUT-ÊTRE LUI RENDRE UNE PETITE VISITE DANS SON REPAIRE...
...ET Y TROUVER, AVEC UN PEU DE CHANCE, D'AUTRES PLANS CONFIDENTIELS...
ALLONS-Y DE SUITE!... HEINK, TU RESTES ICI! IL Y A TROP DE GENS DEHORS QUI TE CONNAISSENT... IL TE SUFFIRA DE NOUS EXPLIQUER LE TRAJET...
ET MOI ?
39

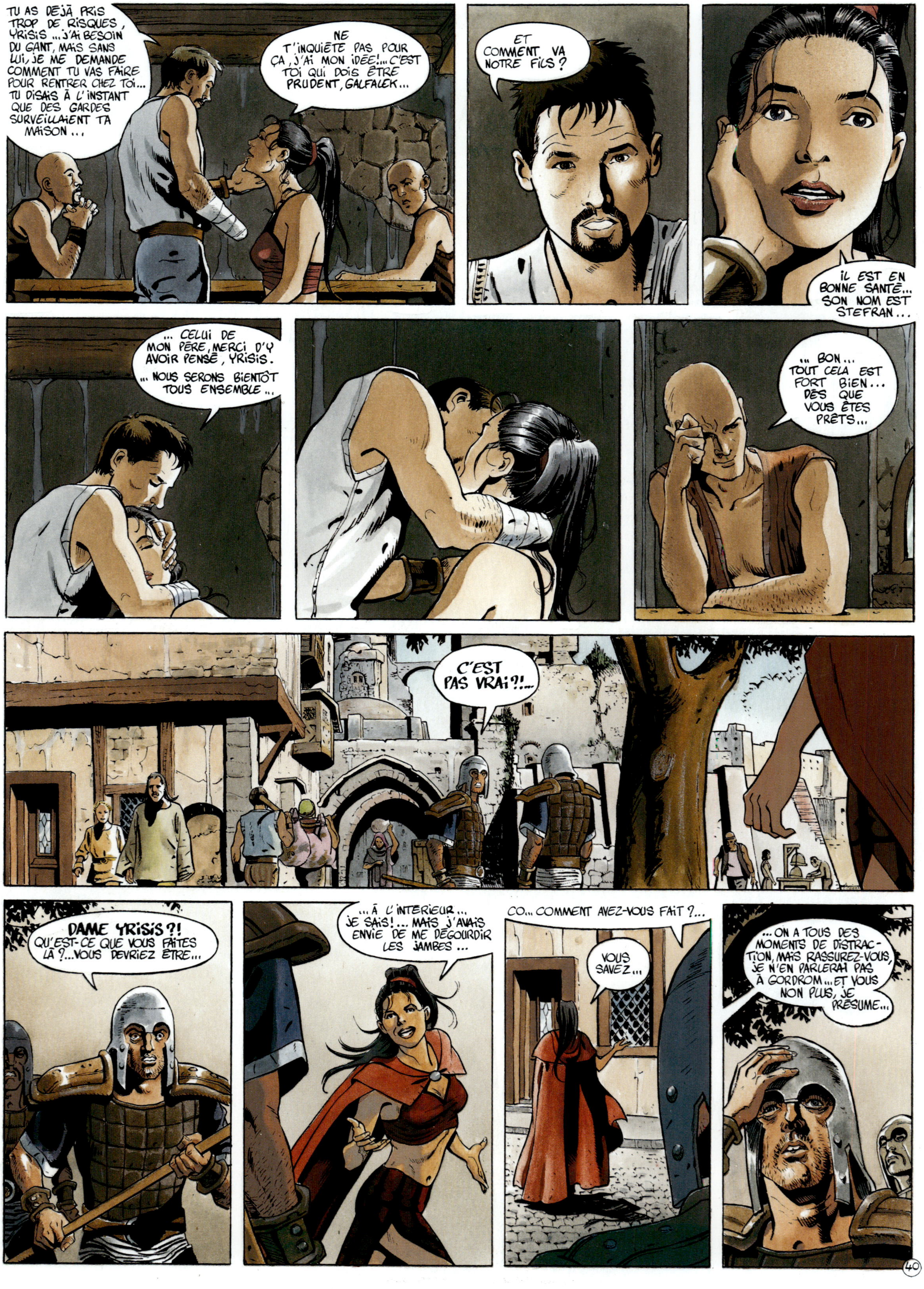
TU AS DÉJÀ PRIS TROP DE RISQUES, YRISIS ... J'AI BESOIN DU GANT, MAIS SANS LUI, JE ME DEMANDE COMMENT TU VAS FAIRE POUR RENTRER CHEZ TOI... TU DISAIS À L'INSTANT QUE DES GARDES SURVEILLAIENT TA MAISON ...
NE T'INQUIÈTE PAS POUR ÇA, J'AI MON IDÉE!... C'EST TOI QUI DOIS ÊTRE PRUDENT, GALFALEK...
ET COMMENT VA NOTRE FILS ?
IL EST EN BONNE SANTÉ... SON NOM EST STEFRAN...
... CELUI DE MON PÈRE, MERCI D'Y AVOIR PENSÉ, YRISIS.
... NOUS SERONS BIENTÔT TOUS ENSEMBLE...
... BON... TOUT CELA EST FORT BIEN... DÈS QUE VOUS ÊTES PRÊTS...
C'EST PAS VRAI?!...
DAME YRISIS?! QU'EST-CE QUE VOUS FAITES LÀ ?... VOUS DEVRIEZ ÊTRE...
... À L'INTÉRIEUR... JE SAIS!... MAIS J'AVAIS ENVIE DE ME DÉGOURDIR LES JAMBES ...
CO... COMMENT AVEZ-VOUS FAIT ?...
VOUS SAVEZ...
... ON A TOUS DES MOMENTS DE DISTRACTION, MAIS RASSUREZ-VOUS, JE N'EN PARLERAI PAS À GORDROM... ET VOUS NON PLUS, JE PRÉSUME...
40

TOC TOC TOC
OUAIS... QU'EST' QUE VOUS VOULEZ?... VOUS ÊTES PAS À L'EXÉCUTION DU TAVERNIER, COMME TOUT LE MONDE?
L'EXÉCUTION?... NON!... NOUS VOUDRIONS PARLER AU "BALAFRÉ"...
L'EST PAS LÀ! C'EST SON JOUR À LA MINE!
R'VENEZ UN AUT' MOMENT!
SALUT!
ATTENDEZ!... QUAND EST-CE QU'ON PEUT LE VOIR? C'EST IMPORTANT... IL Y A UNE BONNE SOMME D'ARGENT QUI L'ATTEND...
AH?!?... PASSEZ D'MAIN EN R'VENANT DE LA MINE, Y FAIT LES TAVERNES... TANT QU'LE BOIT, LE M' FOUT LA PAIX!
À LA REVOYURE!
CLAC
AVEC UN PHÉNOMÈNE PAREIL, LE "BALAFRÉ" A BIEN DU MÉRITE DE RETOURNER CHEZ LUI...
ELLE A PARLÉ D'UNE EXÉCUTION... CELA EXPLIQUERAIT LE MANQUE DE MONDE DANS LES RUES...
REGARDE ÇA, TELVAN!
MESSIRE ?!...
41

SOLYAL !
JE VOUS AI VU ARRIVER DANS LA RUELLE...
...ET JE ME SUIS DEMANDÉE... N'ÊTES-VOUS PAS CELUI QUI EST INTERVENU POUR FAIRE ÉCHOUER L'ATTENTAT CONTRE GORDROM ?...
...JE... NON...
...ENFIN... SI... C'EST BIEN MOI !...
C'EST BIEN CE QU'IL ME SEMBLAIT ! J'ÉTAIS PRÉSENTE CETTE NUIT-LÀ...
GORDROM VOUS A PROPOSÉ D'ENTRER DANS LA GARDE... VOUS AVEZ DONNÉ SUITE ?
NON...
...JE N'AI AUCUNE ATTIRANCE POUR LES CHOSES DE L'ARMÉE... EXCUSEZ-NOUS MAIS...
... NOUS SOMMES ATTENDUS... AU REVOIR !
QUI C'EST ?...
QU'EST-CE QUE C'EST QUE CETTE HISTOIRE ?...
JE TE RACONTERAI. MAIS POUR LE MOMENT, GARDE LE SILENCE ! JE SUIS SÛR QU'ELLE NOUS OBSERVE ENCORE...
GORDROM ?!... QUELLE SURPRISE, ÇA FAISAIT LONGTEMPS...
TU PLAISANTERAS MOINS DANS PEU DE TEMPS, YRISIS...
JE VOIS QUE TOUT TON PETIT MONDE VA BIEN...
SI TU AS QUELQUE CHOSE À ME DIRE, GORDROM, FAIS VITE !...
TU N'ES PAS LE BIENVENU ICI...
42

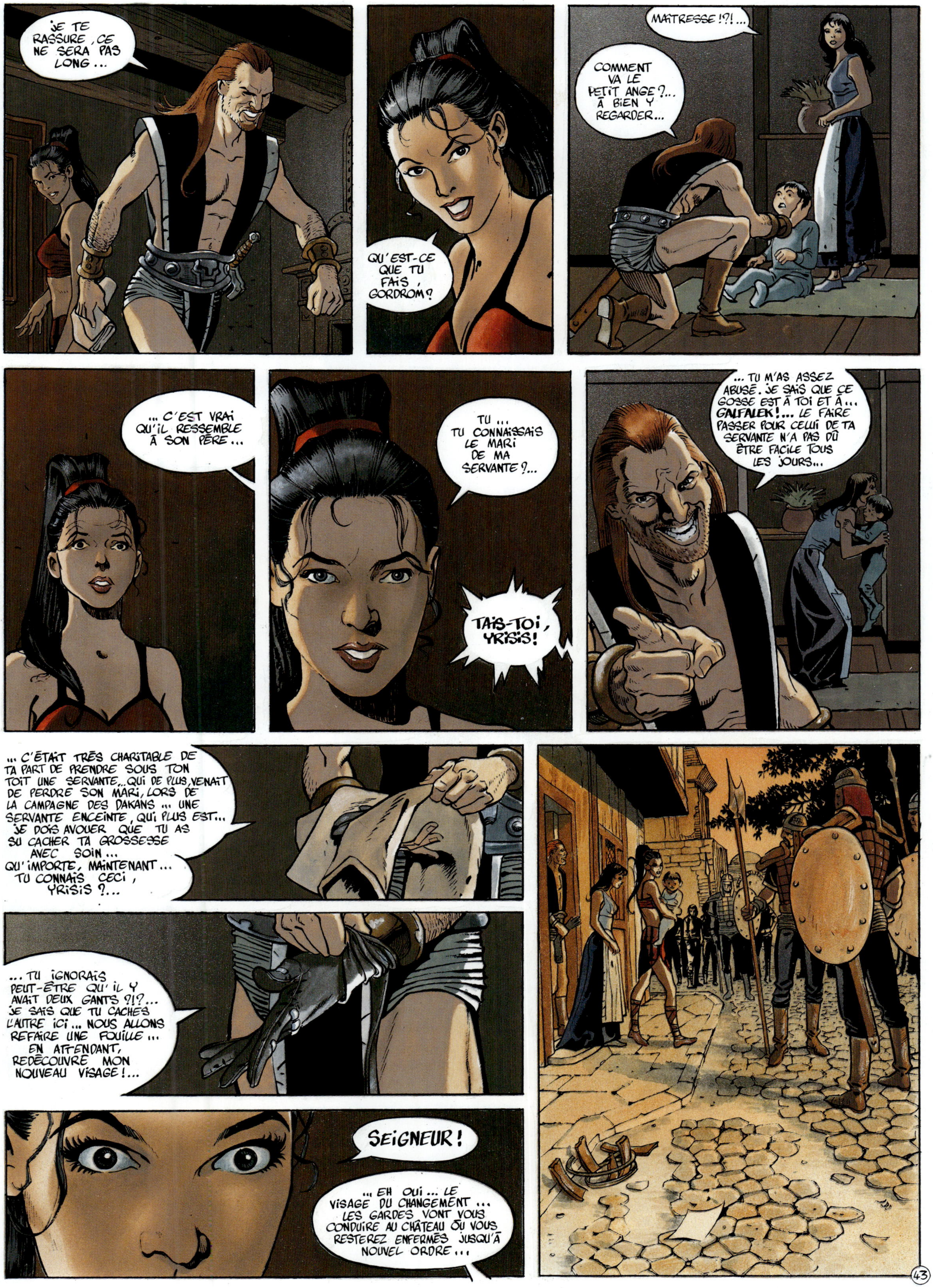
JE TE RASSURE, CE NE SERA PAS LONG...
QU'EST-CE QUE TU FAIS, GORDROM ?
MAÎTRESSE !?!...
COMMENT VA LE PETIT ANGE ?... À BIEN Y REGARDER...
... C'EST VRAI QU'IL RESSEMBLE À SON PÈRE...
TU... TU CONNAISSAIS LE MARI DE MA SERVANTE ?...
TAIS-TOI, YRISIS !
... TU M'AS ASSEZ ABUSÉ. JE SAIS QUE CE GOSSE EST À TOI ET À... GALFALEK !... LE FAIRE PASSER POUR CELUI DE TA SERVANTE N'A PAS DÛ ÊTRE FACILE TOUS LES JOURS...
... C'ÉTAIT TRÈS CHARITABLE DE TA PART DE PRENDRE SOUS TON TOIT UNE SERVANTE... QUI DE PLUS, VENAIT DE PERDRE SON MARI, LORS DE LA CAMPAGNE DES DAKANS... UNE SERVANTE ENCEINTE, QUI PLUS EST... JE DOIS AVOUER QUE TU AS SU CACHER TA GROSSESSE AVEC SOIN... QU'IMPORTE, MAINTENANT... TU CONNAIS CECI, YRISIS ?...
... TU IGNORAIS PEUT-ÊTRE QU'IL Y AVAIT DEUX GANTS ?!?... JE SAIS QUE TU CACHES L'AUTRE ICI... NOUS ALLONS REFAIRE UNE FOUILLE... EN ATTENDANT, REDÉCOUVRE MON NOUVEAU VISAGE !...
SEIGNEUR !
... EH OUI... LE VISAGE DU CHANGEMENT... LES GARDES VONT VOUS CONDUIRE AU CHÂTEAU OÙ VOUS RESTEREZ ENFERMÉS JUSQU'À NOUVEL ORDRE...
43

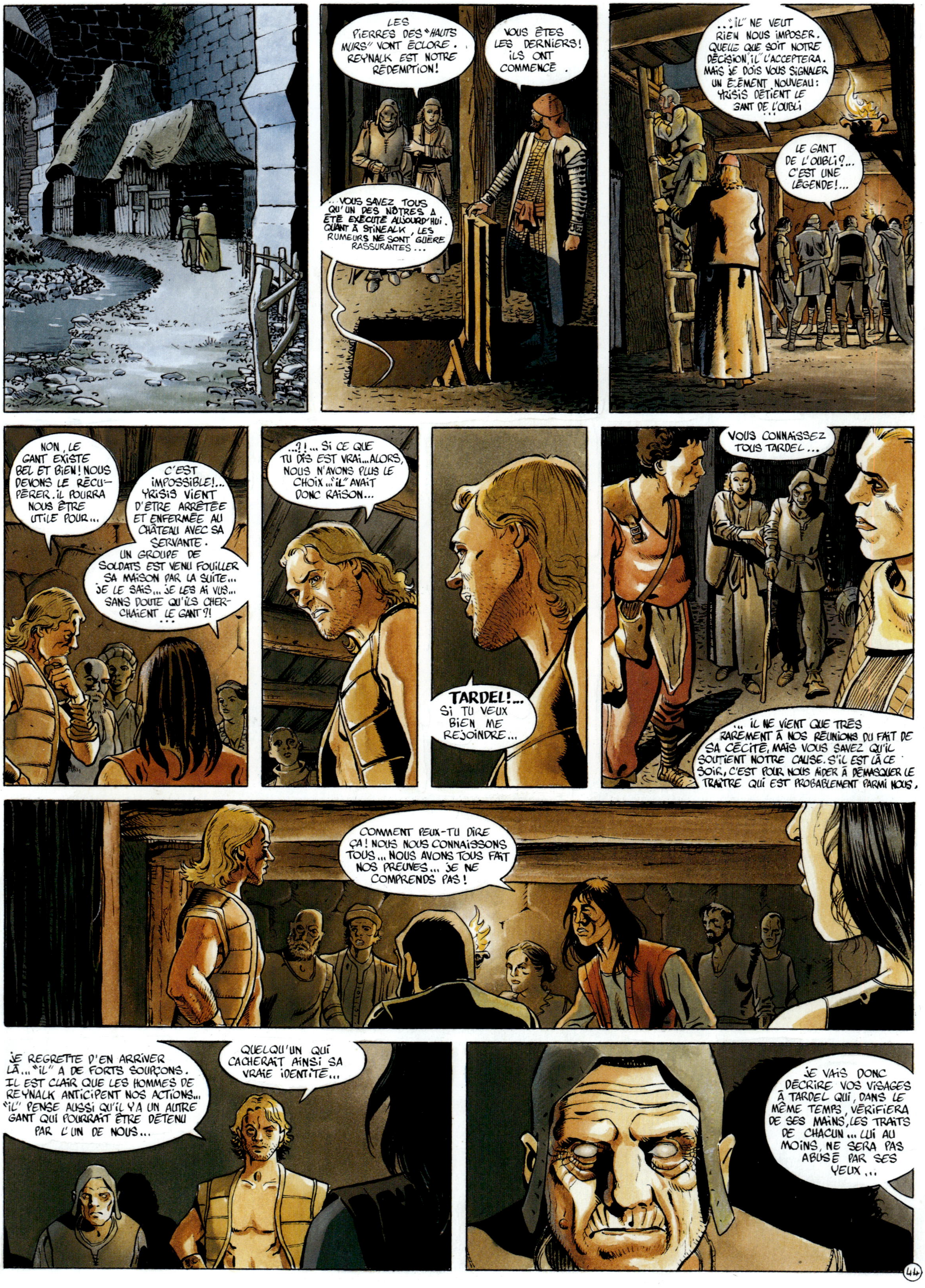
LES PIERRES DES "HAUTS MURS" VONT ÉCLORE. REYNALK EST NOTRE RÉDEMPTION!
VOUS ÊTES LES DERNIERS! ILS ONT COMMENCÉ.
...VOUS SAVEZ TOUS QU'UN DES NÔTRES A ÉTÉ EXÉCUTÉ AUJOURD'HUI. QUANT À STINEALK, LES RUMEURS NE SONT GUÈRE RASSURANTES...
..."IL" NE VEUT RIEN NOUS IMPOSER. QUELLE QUE SOIT NOTRE DÉCISION, "IL" L'ACCEPTERA. MAIS JE DOIS VOUS SIGNALER UN ÉLÉMENT NOUVEAU: YRISIS DÉTIENT LE GANT DE L'OUBLI
LE GANT DE L'OUBLI?... C'EST UNE LÉGENDE!...
NON, LE GANT EXISTE BEL ET BIEN! NOUS DEVONS LE RÉCUPÉRER. IL POURRA NOUS ÊTRE UTILE POUR...
C'EST IMPOSSIBLE!... YRISIS VIENT D'ÊTRE ARRÊTÉE ET ENFERMÉE AU CHÂTEAU AVEC SA SERVANTE. UN GROUPE DE SOLDATS EST VENU FOUILLER SA MAISON PAR LA SUITE... JE LE SAIS... JE LES AI VUS... SANS DOUTE QU'ILS CHERCHAIENT LE GANT?!...
..?!... SI CE QUE TU DIS EST VRAI... ALORS, NOUS N'AVONS PLUS LE CHOIX... "IL" AVAIT DONC RAISON...
TARDEL!... SI TU VEUX BIEN ME REJOINDRE...
VOUS CONNAISSEZ TOUS TARDEL...
... IL NE VIENT QUE TRÈS RAREMENT À NOS RÉUNIONS DU FAIT DE SA CÉCITÉ, MAIS VOUS SAVEZ QU'IL SOUTIENT NOTRE CAUSE. S'IL EST LÀ CE SOIR, C'EST POUR NOUS AIDER À DÉMASQUER LE TRAÎTRE QUI EST PROBABLEMENT PARMI NOUS.
COMMENT PEUX-TU DIRE ÇA! NOUS NOUS CONNAISSONS TOUS... NOUS AVONS TOUS FAIT NOS PREUVES... JE NE COMPRENDS PAS!
JE REGRETTE D'EN ARRIVER LÀ... "IL" A DE FORTS SOUPÇONS. IL EST CLAIR QUE LES HOMMES DE REYNALK ANTICIPENT NOS ACTIONS... "IL" PENSE AUSSI QU'IL Y A UN AUTRE GANT QUI POURRAIT ÊTRE DÉTENU PAR L'UN DE NOUS...
QUELQU'UN QUI CACHERAIT AINSI SA VRAIE IDENTITÉ...
JE VAIS DONC DÉCRIRE VOS VISAGES À TARDEL QUI, DANS LE MÊME TEMPS, VÉRIFIERA DE SES MAINS LES TRAITS DE CHACUN... LUI AU MOINS, NE SERA PAS ABUSÉ PAR SES YEUX...
44

... CHEVEUX LÉGÈREMENT BOUCLÉS... DES LÈVRES UN PEU ÉPAISSES... UN LÉGER RENFLEMENT SUR LE BORD DU NEZ...
... HUM... C'EST ÇA... C'EST ÇA !
UN PEU NERVEUX, TERTOS ?!...
QU'EST-CE QUE TU VEUX INSINUER ?
TU ES NOUVEAU ICI...
TAIS-TOI DONC !
ON VA ÊTRE FIXÉS...
...CHEVEUX CRÉPUS ET RAS... OREILLES BIEN DÉGAGÉES ET ASSEZ FINES... SOURCILS ÉPAIS AVEC UN LÉGER RENFLEMENT AU DESSUS DE L'OEIL GAUCHE...
ÇA CORRESPOND ! ...
TU AS BIEN DE LA CHANCE... MAIS UN TRAÎTRE N'A PAS BESOIN DE GANT, N'EST-CE PAS, TERTOS ?...
JE T'AI DÉJÀ VU DISCUTER AVEC DES GARDES ...ET C'ÉTAIT PAS LA PREMIÈRE FOIS... VOUS DEVRIEZ LE FOUILLER AUSSI !... JE VAIS LE FAIRE, MOI !...
C'EST BIEN ORIAL !...
ÇA SUFFIT, ORIAL !... VA T'ASSEOIR MAINTENANT...
LAISSE-TOI FAIRE, SI TU N'AS RIEN À TE REPROCHER...
FICHE-MOI LA PAIX BON SANG... T'ES DEVENUE FOLLE OU QUOI ?...
ET ÇA TERTOS ! QU'EST-CE QUE C'EST, HEIN ?...
FERME-LA, BORDEL !
REGARDEZ !! C'ÉTAIT DANS SA POCHE ! LE SCEAU APPOSÉ SUR SON LAISSEZ-PASSER EST DIFFÉRENT DU NÔTRE !
TU VAS LA FERMER, GROSSE VACHE ?!...
PAF !
45

ÉCARTEZ - VOUS ! LAISSEZ-MOI SORTIR, SINON ...
ÇA VA, TERTOS... ÇA VA...
ON TE LAISSE SORTIR...
OUVREZ LA TRAPPE ! VITE !
SI J'EN VOIS UN QUI ME COURT APRÈS JE LA TUE !
QU'EST-CE QU'ON FAIT ?...
ON LE LAISSE PAR...
?!?
TRIIIIII !...
TRIIIIIIII...
?!?
QU'EST-CE... LA GARDE !
FALKÄN ...
QU'EST-CE QUE ÇA VEUT DIRE ?...
ON CHANGE LA DONNE, MON CHER IANEK ... FAIS-MOI PENSER À RÉCOMPENSER CE TERTOS ...
J'IGNORAIS MOI-MÊME QU'UN DE MES AGENTS AVAIT RÉUSSI À S'INFILTRER PARMI VOUS ... POUR EN FINIR AVEC TA QUESTION, IANEK : VOUS ÊTES TOUS EN ÉTAT D'ARRESTATION !
01/00 .... 12/00
FIN DE L'ÉPISODE
DESSIN: BIANCARELLI
SCÉNARIO: GAUDIN
COULEUR: LENCOT

Galfalek

ESQUISSES, JOURNAL DE BORD

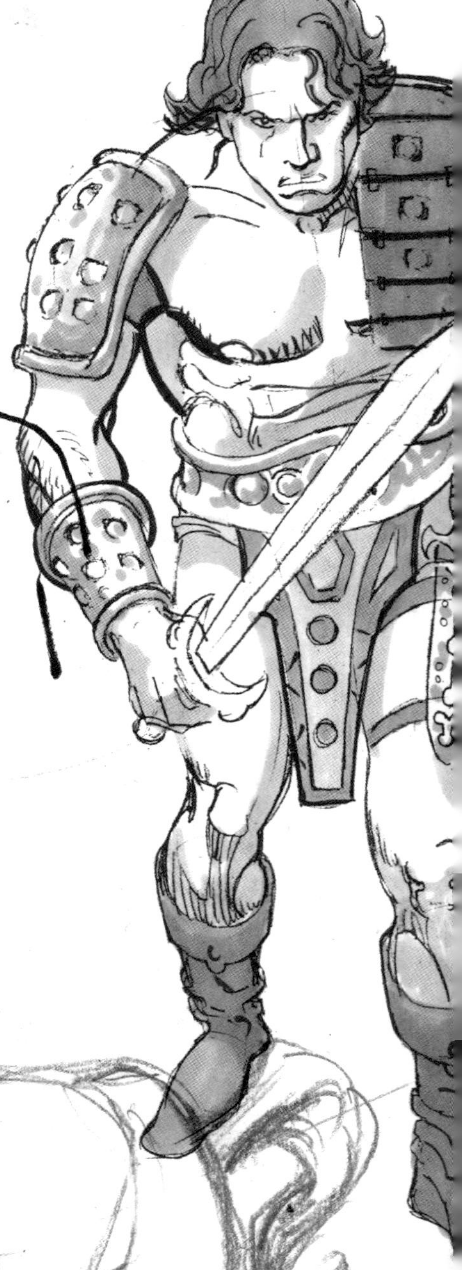

Avant même de rédiger le synopsis, je raconte sommairement l'intrigue à Franck. L'idée du gant de l'oubli nous réjouit. Jouer sur les faux-semblants et les changements d'identité des personnages nous promet de nombreux rebondissements…

Nos voulons éviter le syndrome " Abracadabra " trop présent dans l'Héroïc Fantasy : Un problème de scénario et hop… un tour de magie… Nous voulons concentrer nos efforts sur les personnages et l'intrigue romanesque.

Tout n'est pas " calé " mais Franck semble me faire confiance…

C'est parti ! … Les premières esquisses arrivent très vite… Visiblement, Galfalek est plus une victime qu'un héros pur et dur… C'est un risque… La série verra la rédemption de ce personnage… À nous de tenir le lecteur en haleine.

Solyal 1ère version arrive… Elle est trop emmitouflée à mon goût et je n'ai pas prévu de scène de ski…
Malgré son statut de mercenaire, je veux qu'elle soit féminine. Les " Hauts Murs " bénéficient d'un climat de type méditerranéen. Le personnage d'Yrisis a d'emblée mes faveurs. Franck souhaite une architecture particulière…
Il va me montrer ça bientôt…

Pendant ce temps, le synopsis détaillé s'étoffe et les premières planches sont rédigées et faxées.
Les réactions sont immédiates : Franck a besoin d'entendre ma version après l'avoir lu. Il veut être sûr de ne pas trahir le propos. Nous accordons nos violons :
Discussions sur le rythme, l'utilisation de l'ellipse, la loi des 180° trop souvent reléguée aux oubliettes en matière de B.D., la grosseur des plans etc…
Mes factures de téléphone enflent à vue d'œil…
Je change d'opérateur téléphonique…
Ça va mieux…

PLANCHE 15

1) Plan torse de Galfalek qui lève son bras droit sans main. Il fait revivre ses sensations à son entourage.

GALFALEK : "Vous savez...C'était une curieuse sensation que de traverser les Hauts Murs sans être reconnu... Le gant agissait aussi comme une nouvelle main... Il répondait à ma volonté comme le vrai prolongement de mon bras..."

2) Plan torse de Telvan.
TELVAN : "Le Roi m'a tout de même mis en garde sur un point..."

3) Gros plan sur le visage figé de Galfalek.

TELVAN (off) : "... Le gant obéit à la volonté de celui qui le porte mais s'il venait à être mis en contact avec un esprit trop faible, il pourrait se retourner contre lui..."

EXT. NUIT. RUELLE DES HAUTS MURS
4) **CARTON : "Au même moment dans la cité des Hauts Murs..."**

Plongée sur la ruelle. On distingue une ruelle déserte si ce n'est deux gardes qui s'éloignent. Ils n'ont pas vu cet homme qui se tient dans la pénombre, une arbalète à la main et qui les regarde s'éloigner.

EXT. NUIT. AUTRE PETITE RUELLE
5) Plan en contre plongée. L'homme à l'arbalète, un peu courbé comme pour se faire plus discret, court dans la petite ruelle. La ruelle est entre une muraille et un bâtiment..
En amorce du plan : un recoin sombre qui est en fait une pièce ouverte sans porte comme une pièce de donjon.

6) Caméra face à la pièce dans laquelle l'homme est en train d'entrer.

INT. NUIT. PIECE DE MURAILLE
7) L'Homme s'est avancé dans le fond de la pièce. Il se tient près d'un endroit où huit trous assez réguliers permettent de parler à quelqu'un qui est derrière la muraille. L'épaisseur semble être d'une trentaine de centimètres. On ne peut distinguer qui est de l'autre côté.
En arrière plan ou sur le côté de la case, l'entrée de la pièce.

HOMME : "Vous êtes toujours là ?"
VOIX (Derrière le mur troué) : "J'ai failli repartir... Il est arrivé quelque chose ?"

8) Gros plan de l'homme qui parle au mur comme quelqu'un qui se confesse.

HOMME : "Non, mais il est de plus en plus difficile d'arriver jusqu'ici. On parle même d'un couvre feu imminent... La tension est grandissante depuis l'attentat manqué contre Gordrom."
VOIX : "Il n'y a pas que cela. La fuite de Galfalek n'a fait qu'empirer les choses et il ne faudra plus compter sur l'aide de Yrisis. Elle est surveillée nuit et jour."

9) Amorce de la tête de l'homme. En arrière plan : "ouverture" qui ne laisse apparaître qu'une vague silhouette de tête.

HOMME : "Que fait-on, alors ? ... Les rumeurs disent que Gordrom serait sur le point de nous arrêter tous..."

10) Gros plan sur l'ouverture et la silhouette de la tête.
"Il faut en finir au plus vite avec lui. Il est le dernier obstacle avant

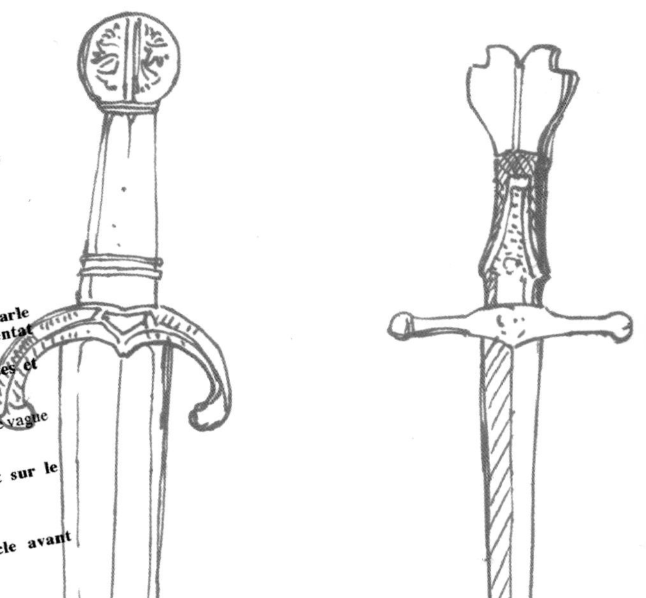

20/12/0 15

La troisième version de Solyal est la bonne.
Devant les premiers roughs, nos discussions sont franches, respectueuses et sans détours… Il n'y a pas d'égo entre nous… Nous travaillons dans un même but : faire la meilleure série possible.

Un exemple ? : Franck m'envoie le rough de la planche 3 du tome 2. À ma grande surprise, il lui donne un ton ironique que je voulais justement éviter. Il m'explique son envie de " rebondir " sur la scène… J'explique à mon tour que la séquence doit être réaliste.
Il faut qu'un vrai doute s'insinue dans l'esprit de Galfalek.
Franck acquiesce, convaincu…

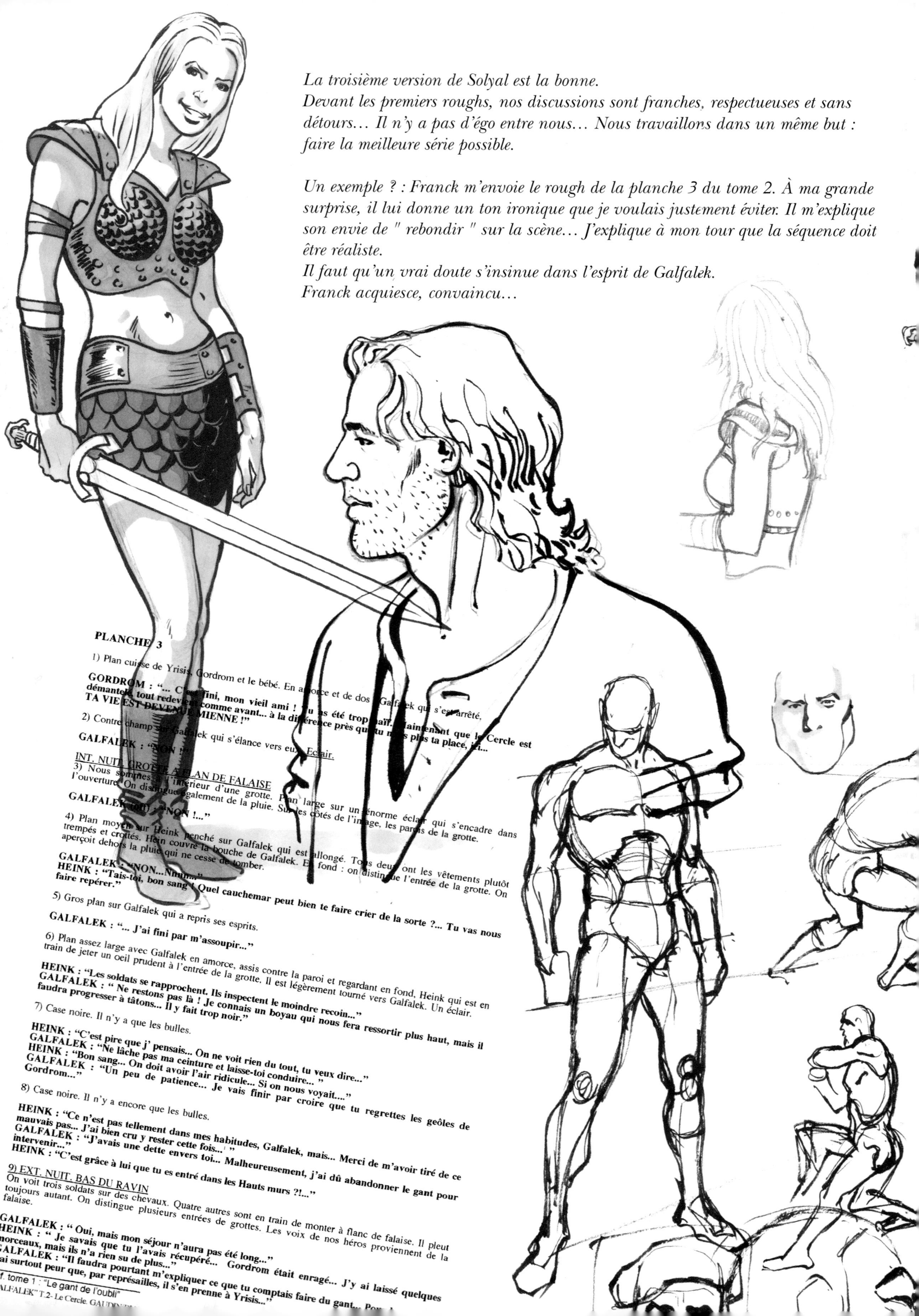

PLANCHE 3

1) Plan cuisse de Yrisis, Gordrom et le bébé. En amorce et de dos Galfalek qui s'est arrêté.

GORDROM : "... C'est fini, mon vieil ami ! Tu as été trop naïf. Maintenant que le Cercle est démantelé, tout redevient comme avant... à la différence près que tu n'as plus ta place, ici... TA VIE EST DEVENUE MIENNE !"

2) Contre champ sur Galfalek qui s'élance vers eux. Eclair.

GALFALEK : "NON !"

<u>INT. NUIT. GROTTE À FLAN DE FALAISE</u>
3) Nous sommes à l'intérieur d'une grotte. Plan large sur un énorme éclair qui s'encadre dans l'ouverture. On distingue également de la pluie. Sur les côtés de l'image, les parois de la grotte.

GALFALEK (off) : "NON !..."

4) Plan moyen sur Heink penché sur Galfalek qui est allongé. Tous deux ont les vêtements plutôt trempés et crottés. Hein couvre la bouche de Galfalek. En fond : on distingue l'entrée de la grotte. On aperçoit dehors la pluie qui ne cesse de tomber.

GALFALEK : "NON...Nmm..."
HEINK : "Tais-toi, bon sang ! Quel cauchemar peut bien te faire crier de la sorte ?... Tu vas nous faire repérer."

5) Gros plan sur Galfalek qui a repris ses esprits.

GALFALEK : "... J'ai fini par m'assoupir..."

6) Plan assez large avec Galfalek en amorce, assis contre la paroi et regardant en fond, Heink qui est en train de jeter un oeil prudent à l'entrée de la grotte. Il est légèrement tourné vers Galfalek. Un éclair.

HEINK : "Les soldats se rapprochent. Ils inspectent le moindre recoin..."
GALFALEK : " Ne restons pas là ! Je connais un boyau qui nous fera ressortir plus haut, mais il faudra progresser à tâtons... Il y fait trop noir."

7) Case noire. Il n'y a que les bulles.

HEINK : "C'est pire que j' pensais... On ne voit rien du tout, tu veux dire..."
GALFALEK : "Ne lâche pas ma ceinture et laisse-toi conduire... "
HEINK : "Bon sang... On doit avoir l'air ridicule... Si on nous voyait...."
GALFALEK : "Un peu de patience... Je vais finir par croire que tu regrettes les geôles de Gordrom..."

8) Case noire. Il n'y a encore que les bulles.

HEINK : "Ce n'est pas tellement dans mes habitudes, Galfalek, mais... Merci de m'avoir tiré de ce mauvais pas... J'ai bien cru y rester cette fois...[1] "
GALFALEK : "J'avais une dette envers toi... Malheureusement, j'ai dû abandonner le gant pour intervenir..."
HEINK : "C'est grâce à lui que tu es entré dans les Hauts murs ?!..."

<u>9) EXT. NUIT. BAS DU RAVIN</u>
On voit trois soldats sur des chevaux. Quatre autres sont en train de monter à flanc de falaise. Il pleut toujours autant. On distingue plusieurs entrées de grottes. Les voix de nos héros proviennent de la falaise.

GALFALEK : " Oui, mais mon séjour n'aura pas été long..."
HEINK : " Je savais que tu l'avais récupéré... Gordrom était enragé... J'y ai laissé quelques morceaux, mais ils n'a rien su de plus..."
GALFALEK : "Il faudra pourtant m'expliquer ce que tu comptais faire du gant... Pour... j'ai surtout peur que, par représailles, il s'en prenne à Yrisis..."

[1] cf. tome 1 : "Le gant de l'oubli"

"GALFALEK" T.2- Le Cercle. GAUD

Le synopsis est finalisé. Nos échanges sont constructifs.
Nous progressons ensemble.
Tout est disséqué, passé au crible, tout en essayant de garder la fraîcheur d'un récit romanesque...
Nous voulons nous effacer derrière les personnages...

Vient le moment de penser à la couverture du tome 2… Franck m'envoie un projet que j'ai tôt fait de démolir. La scène choisie est anecdotique et ne représente pas l'esprit de l'album. Franck n'insiste pas. Au fond, lui non plus n'en était pas satisfait.
Je lui fais une contre-proposition qui deviendra, grâce à son talent, la couverture définitive.

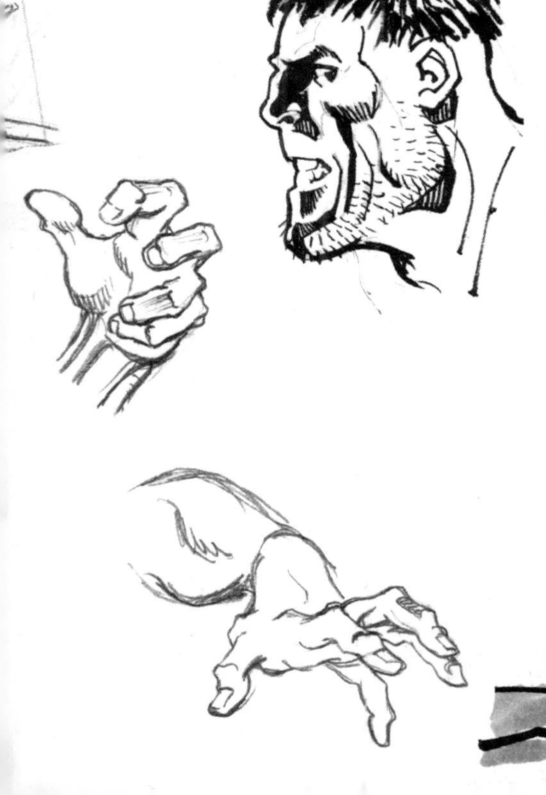

L'album avance avec toujours la même rigueur. Franck ne me lâche pas. Je ne le lâche pas non plus. Ce n'est pas un jeu et pourtant, l'exigence est devenue plaisir. Nous essayons de pousser chaque scène aussi loin que possible. Notre collaboration est devenue fusion…

Si Franck finit par revenir au scénario initial pour la planche 3, il s'en éloigne en planche 15 pour mieux construire la scène. Ses modifications sont pertinentes. Il a vu les faiblesses que je soupçonnais : Lieu mal défini, flottement du découpage…
Les changements doivent être adaptés… Je revois ma copie… Il faut revoir l'équilibre général de la scène…
Le rough est encore bouleversé… Enfin, la planche est validée.

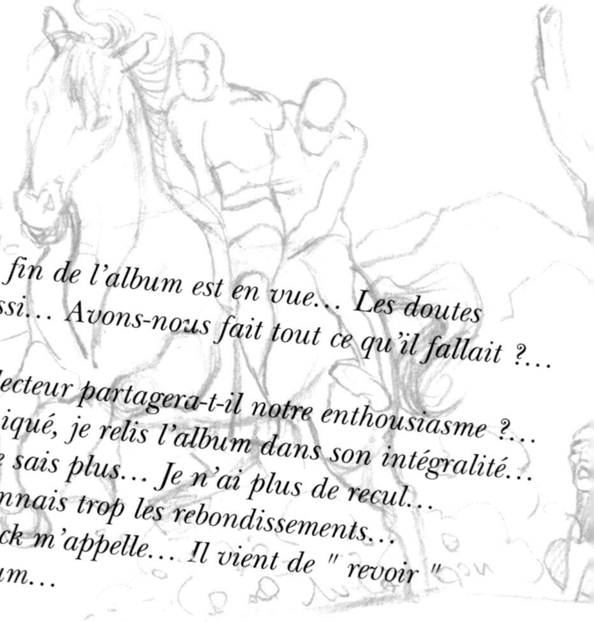

La fin de l'album est en vue… Les doutes aussi… Avons-nous fait tout ce qu'il fallait ?…

Le lecteur partagera-t-il notre enthousiasme ?… Paniqué, je relis l'album dans son intégralité… Je ne sais plus… Je n'ai plus de recul… Je connais trop les rebondissements… Franck m'appelle… Il vient de " revoir " l'album…

Nous sommes d'accord : le lecteur sera le seul juge.

Des personnages frappent à notre porte : ils n'ont pas tout dit… Nous devons préparer le tome 3 !

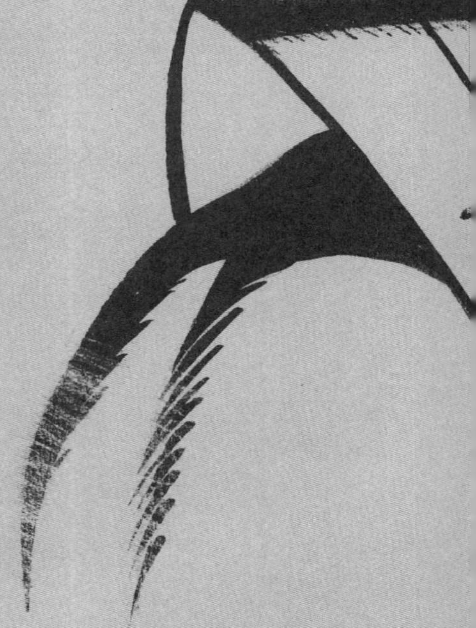